CRÔNICAS DO TOM

TEXTOS PARA QUEM TEM UM PARAFUSO A MENOS

Crônicas do Tom

Minotauro é um selo da Editora Almedina do Grupo Editorial Alta Books (STARLIN ALTA EDITORA E CONSULTORIA LTDA).

ISBN: 978-65-6143-022-7

Impresso no Brasil — 1ª Edição, 2025 — Edição revisada conforme o Acordo Ortográfico da Língua Portuguesa de 2009.

Dados Internacionais de Catalogação na Publicação (CIP)
(BENITEZ Catalogação Ass. Editorial, MS, Brasil)

C268c
1.ed. Cardoso, Tom
Crônicas do Tom : textos para quem tem um parafuso a menos / Tom Cardoso.- 1.ed. - Rio de Janeiro : Minotauro, 2025.
128 p.; 14 x 21 cm.

ISBN 978-65-6143-022-7

1. Crônicas brasileiras. I. Título.

02-2025/96 CDD B869.3

Índice para catálogo sistemático:
1. Crônicas : Literatura brasileira B869.3
Aline Graziele Benitez - Bibliotecária - CRB-1/3129

Grupo Editorial Alta Books

Produção Editorial: Grupo Editorial Alta Books
Diretor Editorial: Anderson Vieira
Editor da obra: Marco Pace
Vendas Governamentais: Cristiane Mutüs
Gerência Comercial: Claudio Lima

Assistente Editorial: Andreza Moraes
Revisão: Lívia Rosa Rodrigues
Diagramação: Marcos Diego Santos
Capa: Daniel Rampazzo / Casa de Ideias

ALTA BOOKS
GRUPO EDITORIAL

Rua Viúva Cláudio, 291 — Bairro Industrial do Jacaré
CEP: 20.970-031 — Rio de Janeiro (RJ)
Tels.: (21) 3278-8069 / 3278-8419
www.altabooks.com.br — altabooks@altabooks.com.br
Ouvidoria: ouvidoria@altabooks.com.br

Editora **afiliada à:**
ASSOCIADO

TOM CARDOSO

CRÔNICAS DO TOM

TEXTOS PARA QUEM TEM UM PARAFUSO A MENOS

MINOTAURO
Rio de Janeiro, 2025

SUMÁRIO

1. Seja infeliz para sempre 10

2. O Ovelhão está solto nas ruas 12

3. Cuíca, I love you 14

4. Metade da minha coxinha 16

5. Não morre mais 17

6. Só o amor salva 19

7. Sonho de verão 21

8. Terror noturno 23

9. Schweppes x Caipirinha 24

10. Bela da Gil do Mal 26

11. Geração Korin 28

12. Banana sem fiapo 30

13. Vrumvrunzinho 32

14. No vermelho 33

15. Picolé de pimenta 34

16. Chinelin 35

17. Diálogos acadêmicos 1 37

18. À Beira de um ataque de nervos 39

19. Marlboro velho 41

20. O Locausto brasileiro 43

21. Diálogos acadêmicos 2 45

22. Canastra real 47

23. Fudendo o psicológico 49

24. O poeta não morreu 51

25. I can't get no satisfaction 54

26. Não para! Não para! 55

27. Peito-relâmpago 57

28. Tom Diná e o Bolsonarismo 59

29. Adeus, Merça 61

30. Picadinho 63

31. Portuga x Dentuça 64

32. Geminha mole 65

33. Dois é demais 67

34. Tempo perdido 69

35. Travessuras ô caralho! 71

36. Papel crochê 72

37. RFGCS PlusPersonal Style Banker 74

38. Missão, visão e valores 76

39. Jamelão e o meia foda 78

40. Tem, mas tá faltando 81

41. Mistérios da Meia-Noite 83

42. Cozinha muito afetiva 84

43. Diálogos acadêmicos 3 86

44. O meu acima de tudo 88

45. Família comproblemas de internet 90

46. Caravaggio! 91

47. Veneza não tem pesqueiro 92

48. Escola da vida 94

49. O Texas da zona oeste 96

50. O pulso ainda pulsa 97

51. Hihihihihihihihihihi 98

52. Janela indiscreta 100

53. Elas existem sim 102

54. Pau mole, vida dura 104

55. Stilnox 10 MG 107

56. Do além é mais caro 109

57. Item de fábrica 111

58. Não, Não e Não 113

59. Kung fu de emoções 115

60. A volta do Mão de Neném 117

61. Um domingo no Eataly 119

62. A carteirada 121

63. Bukeela Woman 124

64. Como vovó já dizia 126

1 Seja infeliz para Sempre

Dizem que os aplicativos de relacionamento fervem no Carnaval. O tio de um amigo meu de 81 anos, viúvo há seis, tá transando de manhã de tarde e à noite, desde sexta-feira. Hoje vai no Baile do Sírio com uma sionista. Tá valendo tudo.

Diante disso, decidi entrar no Tinder.

Antes liguei para um outro amigo, que frequenta esse universo desde os tempos de Par Perfeito. Ele me deu algumas dicas:

— Tom, fuja da mulher-book. Se ela pagou 1.500 reais para um fotógrafo de casamento é porque bateu o desespero.

— Outra coisa: não seja ansioso. Leia o texto de apresentação antes de dar like. Tá cheio de mulher bonita que vota no Amoedo.

> *Fiz o cadastro. Fui de plano de PLUS, o "SEJA FELIZ PRA SEMPRE", que me dá direito a enviar buquês de rosas virtuais.*

Comecei a busca atento às recomendações do meu amigo.

Logo de cara, pirei em uma jovem morena:

> *"Meu nome é Jéssica. Eu quero viver cada segundo como se fosse o último. Carpe Diem. Aqui três frases de celebridades que eu admiro e que resumem o que eu penso da vida:*
>
> *"Não corra. Ande e observe tudo ao redor. Juntos chegaremos lá (Clarice Lispector).*
>
> *"Navegar é preciso. Amar é obrigatório" ("João" Saramago).*
>
> *"Ando depressa porque já fui devagar" (Augusto Cury).*

Não, não há colágeno que compense tamanha idiotice.

Apertei X.

Fiquei nessa função até o meu dedo indicador começar a pedir arrego.

Contei 78 mulheres beijando golfinho, 43 em frente à Torre Eiffel, 32 em frente ao Coliseu, 25 naquela praia com as duas rochas em Fernando de Noronha e 1.278 com o castelo da Cinderela da Disney ao fundo.

Achei a mãe do Valter, meu dentista.

Mentiu a idade na cara dura. Numa das fotos aparece de maiô cavado na Riviera.

Vou contar para o Valter.

Estava quase desistindo, lendo primeiro os textos e depois olhando as fotos, como meu amigo recomendou, quando dei cara com a seguinte apresentação:

> *"Tenho 38 anos. HELENÃO SEU MANÉ. Quero trepar ouvindo Radiohead e Cartola. Não sou dada a convenções, nem a reducionismos. Não gosto de homem burro, simplório, infantilizado. Se você prefere uma noite no Paris 6 a um filme do Wong Kar-Wai nem vem que não tem. Vaza, Red Pill!*

Ia dar like, quando vi a foto.

Era Carla, minha irmã.

2 O Ovelhão está solto nas ruas

Fiquei pensando como se deu a mutação do Ovelhão comedor de criancinha para o Ovelhão bolsominion. Por ter ensinado Olavo de Carvalho a mexer na internet, ele já mereceria prisão perpétua. Mas essa é uma conversa para outro dia.

Estou aqui para contar minha experiência como colaborador do Ovelhão. Ele resolveu fazer uma revista de música e comportamento, a *Outra Coisa*, que era em parte sustentada, veja só, com anúncios da Petrobrás e da Caixa Econômica Federal. Tudo isso em pleno Governo Lula – o que faz dele, no mínimo, um mal-agradecido.

A profissão de jornalista é uma merda, mas a gente se diverte. E não tinha nada mais hilário do que as reuniões de pauta da revista "Outra Coisa".

A gente sempre se reunia, eu, o Ovelhão e a mulher dele, em um restaurante alemão do Leblon. Eu não sei se o Ovelhão já tinha parado de cheirar, ou se a troca de cocaína por rapé fez mal ao cara – experimente dar um pouco de Yakult para o Keith Richards para ver o que acontece –, mas ele foi o editor mais maluco e sem noção que eu já conheci.

O Ovelhão queria de qualquer jeito que eu entrevistasse o Osama Bin Laden. Juro. Eu tentava argumentar, dizendo que se a CIA não tinha pistas do cara, eu, um repórter preguiçoso, teria certa dificuldade. Ele insistia. E a mulher dele dando corda. Papo de maluco total.

Eu trabalhava, nessa época, na redação do jornal *Valor*. Toda tarde, o Ovelhão ligava:

— Tom, conseguiu achar o Osama?

Eu achava que era melhor não contrariar:

— Ovelhão, tô mexendo os pauzinhos, falando com as minhas fontes. Calma, a gente chega lá.

O Ovelhão nunca me pagou. Recebia a grana, mas não pagava os colaboradores.

A última vez que falei com o Ovelhão foi por telefone. Ele tinha feito a pergunta de sempre e eu, de saco cheio por não receber, com monte de conta para pagar, respondi:

— Ovelhão, achei o homem.

— Você está brincando. Sério?

— Sim. Você me manda para o Afeganistão?

— Humm. Não consegue fazer por e-mail?

Pensei em dizer que nas montanhas de Tora Bora não tinha wi-fi, mas achei melhor acabar com aquela maluquice:

— Ovelhão, vai dar meia hora de cu, vai.

3 Cuíca, I love you

— Tom, você precisa vir aqui no bloco Abacaxi do Irará.

— Nem fudendo. Odeio cuíca. Domingo então.

— Deixa de ser chato, Tom. Sabe quem é que tá aqui, né?

— A Laerte de bojo?

— Não, porra. Ela tá aqui.

— Ela quem?

— Ela, caralho. Débito ou crédito? Maquininha.

Pulei do sofá.

— Alessandra Negrini?

— Sim. Ela tá aqui com a gente. Vem para cá.

Para passar a tarde de domingo com a Ale eu encaro até show do Criolo com o Emicida.

*****

Cheguei nas Perdizes. Já comecei a gostar.

Como são maravilhosas as mulheres da esquerda-cirandeira.

Senti o perfume da revolução, uma mistura de incenso indiano com haxixe e grão-de-bico.

Vi um grupo de meninos e meninas malhando três bonecos como se fossem Judas.

O trio do apocalipse: Trump, Netanyahu e Milei.

Eu adoro qualquer tipo de proselitismo político.

O praticado pela direita é sempre mais divertido, tosco. Mas o da esquerda também tem seu valor:

Cheguei chutando a fuça do Milei.

— Viva a Revolução Bolivariana!

— É isso aí, tio, tamo junto!

Coloquei mais pilha:

— Bomba no Copom, inimigo do povo!

— Estatização do Bradesco!

— Fogo nos fascistas! No Borba Gato! E na Tábata Amaral! (tadinha).

Estava quase sendo carregado nas costas pela molecada, quando vi uma linda morena de peito de fora.

Lembrei de Caetano:

"La leche buena toda en mi garganta
La mala leche para los puretas"

Ela percebeu meu olhar. E veio na minha direção.

— Você está me objetificando?

— Como?

— Respeita as minas, cara.

— Respeito e admiro.

— Babaca. Macho opressor.

O negócio estava começando a ficar feio, quando senti um par de mãos macias tampar o meu rosto.

— Adivinha, Tonzito?

Uma das penas do cocar roçou na minha nuca. Nem precisei adivinhar.

Era a Ale. Só consegui dizer uma frase:

— Trouxe a cuíca?

4 Metade da minha coxinha

Foi durante um musical da Claudia Raia que a Fátima Bernardes sentiu que "havia algo diferente no ar". E havia mesmo: ela estava apaixonada por um homem 30 anos mais novo. E de esquerda.

Ele deve ler Itamar Vieira para ela na rede.

Um fofo.

Senti uma inveja da porra da Fátima. Eu adoraria também viver uma paixão desse tipo, um arrebatamento que me jogasse nos braços de alguém muito diferente de mim.

Fiquei pensando o quanto seria divertido namorar uma mulher de direita.

A primeira imagem que me vem à cabeça é da gente trepando naquelas canecas gigantes da Disney.

Todo sábado à noite eu ficaria em casa, vendo um filme do Nicolas Cage no Netflix. Adeus fila no Juninho.

Os dois enfiados em um edredom do Piu Piu, comendo cebola frita. Do delivery do Outback.

Ela passaria molho tártaro na pontinha do meu nariz. E cairia na gargalhada.

Adeus trânsito na Tamoios. Adeus casa com borrachudo em Ubatuba.

Os verões seriam na Riviera de São Lourenço. Dirigindo o Corolla do pai dela, com gasolina Power Racing. E ouvindo Coldplay.

Não precisaria levar livro nenhum. Nem discorrer sobre a atual conjuntura política.

Votaríamos todos no Amoêdo. Sem culpa.

O dia inteiro pensando e falando sobre o nada.

E à noite um filme do Adam Sandler, para variar um pouquinho.

Continuo procurando a metade da minha coxinha.

Alguém por aí?

5 Não morre mais

— Amiga, não aguento mais.

— O trabalho?

— Não, o casamento.

— Isso não chega a ser uma novidade.

— Então, mas agora o Jorge tá controlando até a siririca no chuveiro.

— Aí é grave.

— Se eu demoro dez minutos a mais no banho, ele já começa a bater na porta.

— Você usou a desculpa do dia de fazer a hidratação no cabelo?

— Sim, mas ele percebe. Homem tem faro para essas coisas. Toda vez que eu começo, ele bate na porta.

— Mas ele diz alguma coisa?

— Ele começa a falar sobre um determinado assunto só para me desconcentrar. Ontem foi sobre a Palestina. Hoje sobre a última reunião do Copom.

— Que saco.

— Semana passada, aliás, ele me pegou no flagra.

— E você?

— Eu usei aquela sua dica, amiga.

— "Não morre mais?"

— É. Mas o Jorge nunca teve muito senso de humor. Você conhece a figura, né?

— Hoje não é o dia que vocês têm terapia de casal?

— Sim. Falei sobre isso durante o papo.

— E aí?

— Deu merda.

— Por quê?

— O Jaime, nosso analista, disse que não tinha problema nenhum, que era até bom para relação.

— E o Jorge?

— Ficou puto. Ele morre de ciúmes do Jaime. Começou a me colocar na parede.

— Como?

— Pediu para eu dizer, em termos percentuais, quantas vezes eu pensava nele durante a masturbação.

— E você?

— Eu falei 10%. É zero, né, mas eu quis fazer uma média.

— E ele?

— Ficou enlouquecido, começou a me xingar. Xingou o Jaime também.

— Do que?

— De arremedo de Lacan.

— Aff. Como acabou?

— O Jaime sugeriu que a gente tomasse banho juntos pelo menos quatro vezes por semana.

— Iiiiiii.

— É. E o box do nosso banheiro é minúsculo, todo caindo aos pedaços. Quem vai ficar com a bunda no azulejo quebrado sou eu, né? É a força do patriarcado.

— Caralho, que desagradável.

— Pois é. Acho que vou me separar.

— Acho justíssimo, amiga.

6 Só o amor Salva

Tô no Rio, voltando para SP. Acabei de chegar no Santos Dumont. Vim de Uber. Chegando no aeroporto, o motorista, com a cara e tamanho do Daniel Silveira, mas normal, lúcido, virou para mim:

— Iiiii meu irmão, olha lá. Tem manifestação dos taxistas contra o Uber. Vou ter que deixar você bem antes.

Eu estava atrasado. Pulei para o banco da frente.

— Toca em frente. Confia em mim.

Ele foi. Paramos o carro na porta do aeroporto. Lotado de taxista bufando. Descemos. Eu gritei, fazendo cara de choro.

— Jorginho, me abraça! Vou morrer de saudade.

O cara me abraçou.

Eu grudei minha cabeça no peito dele. Dei mais um suspiro e disse:

— Tiamo, gato.

Ninguém desconfiou.

Só o amor salva.

*****

— Alô, Tom?

— Quem é?

— O Marcos.

— Que Marcos?

— O motorista do Uber. O que você chamou de Jorginho ontem.

— Ahhh sim, tudo bem?

— Tudo bem. Irmão, você foi muito criativo. Nenhum taxista percebeu. Incrível.

— É, a gente se livrou de ser linchado. Não havia outra saída.

— Meu brother, preciso te dizer uma coisa.

— Diga.

— Passei a noite pensando em você.

— Como assim?

— Fiquei com vontade de pegar você no colo. Você gosta de cafuné?

— Marcos, aquilo foi uma performance. Eu não sou gay, cara.

— Eu também não, meu irmão. Sou casado. Mas quando você encostou a cabeça no meu peito, senti algo que nunca havia sentido. Gostei de tudo em você. Do seu cheiro, tudo.

— Do meu cheiro?

— Sim. Você tem cheiro de homem. Você é, sim, especial. Sabe disso.

— Num sei, não. Você não está confundindo os sentimentos?

— Não, quando você grudou a cabeça no peito, eu me arrepiei todo. Da cabeça aos pés.

— Não foi de medo não?

— Não. Foi desejo mesmo.

— Que bom, nunca é tarde para sair do armário.

— Posso ligar para ouvir sua voz de vez em quando?

— Cara, se você se descobriu, logo vai achar alguém para chamar de seu.

— Mas aconteceu algo especial com a gente. Sabe como se chama isso, Tom?

— O que?

— Quí-mi-ca

— Vou ter que desligar, Marcos.

— Beijo. Tiamo, gato.

Fudeu.

7 Sonho de Verão

O meu recorrente sonho de verão:

Com prisão de ventre, Bebê de Rosemary é aconselhado pelos médicos a viajar de carro com os amigos para relaxar.

Ele tira a Ranger da garagem e pega a Oswaldo Cruz em direção a Ubatuba.

No banco do passageiro, Silas Malafaia, coçando a dentadura com a língua e com o braço direito apoiado no puta que o pariu.

No banco de trás, os quatro cavaleiros do apocalipse: Nelson Piquet, General Heleno, Paulo Guedes e Romeu Zema.

Na cadeirinha de bebê, Damares. Sem cinto.

Na caçamba, com direito a churrasqueira elétrica, a neomilícia, o centrão e os aspones em peso: Zero Um, Zero Dois, Zero Três, Primo favorito do Zero Dois, Zero Quatro, Namorado do Zero Quatro, Ricardo Salles, Pazuello, Queiroz, Mário Frias, Hélio Negão, Fabio Wajngarten, Valdemar Costa Neto e Nikolas Ferreira.

Cuidando da salada de maionese, a namoradinha do Brasil: Regina Duarte.

Descascando o limão para caipirinha e o que for preciso, Carla Zambelli.

Com a cabeça para fora, no teto solar, Tarcísio de Freitas.

Piquet provoca:

— Isso é uma picape ou um fuqueta, Capitão?

Bozo acelera.

160km/h.

Malafaia põe pilha:

— Dirija como macho, Capitão!

180km/h.

Tarcísio grita lá de cima:

— Pardal na estrada! Acelera! Eu que mando.

Bolsonaro passa por cima do radar, pelo acostamento.

200km/h.

Damares começa a chorar.

General Heleno caga na fralda.

Novo alerta de Tarcísio:

— Guarda rodoviário na pista!

Malafaia dá um apertão na perna do Bozo.

— Passa por cima, capitão. Sem dó. Direito individual, lembra?

O quepe do guarda voa por cima da Ranger.

A caçamba vibra: uhuhuhuhuhuhu!

Dudu Bananinha atira para o alto:

"Aqui é caveira, caralho!"

Carla Zambelli aperta o pau do Zero Quatro, que grita.

Carluxo aperta a bunda do primo.

Descida da serra de Taubaté.

Piquet desafia:

— Pular de paraquedas é teta, Capitão. Quero ver você descer essa porra sem brecar.

Malafaia canta, com as mãos para o céu:

"Vai, vai, Jair
Vai, vai, vai, Heleno
Quem é da gangue de Jesus não tem medo."

No meio da serra, Bozo não consegue fazer a curva e a Ranger voa, com o bico apontado para o mar.

Durante as buscas, um sobrevivente.

Damares, agarrada em um pé de goiaba.

8 Terror noturno

Todo mundo tem um pesadelo recorrente.

O meu é de fuder.

Continuo, todas terças e quintas (e eventualmente nas tardes de domingo) sonhando com o pinto do Paulo Zulu.

No carnaval, passo a sonhar todos os dias. Freud explica (Lacan, talvez).

Culpa minha.

Uma vez, pedi que me enviassem o famoso autorretrato – pois eu não o encontrava sem tarja no Google – e em dez minutos recebi 136 fotos.

Cada foto da jeba orgânica era acompanhada de um breve comentário.

"Quero ver agora a Sandy ter prazer anal", disse um amigo.

Uma garota de Fortaleza não se impressionou com os padrões Kid Bengala do dublê de ator e sim com a simetria: nunca tinha visto um pau tão centralizado.

"Repara, Tom, ele não entorta nem na ponta".

Reparei.

Uma senhora de Sorocaba não gostou do que viu: prefere a elegância discreta do pinto do Stênio Garcia.

O comentário mais intrigante, porém, foi o da Geni, a diarista que não faz café para qualquer um:

— Já pensou ele de cueca no sofá? Deusmelivre. Ainda bem que trabalho para o senhor.

Até agora não sei muito bem o que ela quis dizer com isso.

Pensando bem, Geni é o maior pesadelo.

9 Schweppes x caipirinha

— Zeca?

— Quem é?

— João Doria.

— Opa, querido. Vamos acabar com essa história.

— Sim. Vou ao seu próximo show. Faço questão.

— Vai demorar. Quero que você venha na minha feijoada aqui em Xerém.

— Com o maior prazer. Tem heliponto aí?

— Iiiii rapá, tem, não. Mas a van pega você, sem problema.

— Van? Vanessa? Sua secretária?

— Não, van é uma perua. Quem vai dirigir é meu parceiro, Beto Sem Braço.

— Mas se ele não tem braço…

— Ele tem, ele tem. Fica tranquilo.

— Ufa.

— Você vai adorar aqui.

— Sim. Eu acho feijoada uma iguaria incrível. Comi uma vez no Bolinha.

— Ah, traz uma bebida.

— Como assim?

— Cada convidado leva uma bebida.

— Que curioso isso. Tá bom, vou levar uma caixa de Schweppes.

— Schweppes? O que é isso?

— É uma tônica. Muito saborosa. Com limão fica melhor ainda.

— Tem álcool?

— Não, tem gás.

— Não, não. Traz linguiça.

— Linguiça?

— Sim. E Aurora, por favor.

— Aurora? Quem é essa?

— Não precisa trazer nada, vai. Só a patroa.

— Eu não tenho patroa.

— Não?

— Comando equipes desde meus 20 anos.

10 Bela da Gil do Mal

Sou filho de pais hippies. Meu pai abandonou a luta armada para ouvir Caetano. O Leãozinho e a Vaca Profana são responsáveis pela minha existência. Sou grato a eles.

Mas juro que muitas vezes deu vontade de nascer filho do Bolsonaro com a Sarah Palin. Principalmente quando me lembro dos quatro anos em que estudei no Mutirão, uma escola semi-integral que se vendia como "alternativa", mas que, na prática, estava mais para sítio dos Novos Baianos administrado por Josef Mengele.

A diretora, chefe do campo de concentração de Cotia, era uma mulher chamada Ana Maria Pimentel, que obrigava a gente a comer arroz integral e feijoada de soja em plenos anos 70, em uma época em que as crianças levavam cachorro quente de lanche.

E não havia nem um tempo de adaptação para as crianças. Pior: quem não comia toda a comida do prato, levava castigo, como ficar quatro horas de pé no pátio fantasiado de agrião ou de tomate, dependendo do peso e altura. Não estou brincando. É sério.

A Ana Maria Pimentel era uma ególatra. Toda segunda, a gente tinha que cantar o hino nacional, o de São Paulo e o do Mutirão, que começava assim: "De manhã ao sair para escola, lá se vai estudante feliz... E terminava assim: "Graças aos professores e a diretora Ana Maria".

Eu odiava a Ana Maria e seu cheiro de grão-de-bico. Ela morava na própria escola, em uma casa rodeada de plantas e flores. Desde que entrei no Mutirão, ouvi sempre a mesma história: a conexão da Ana Maria com a natureza era tanta que ela era capaz de identificar qual aluno havia feito xixi em determinada planta ou flor, mesmo a quilômetros de distância.

A história virou lenda e ninguém nunca ousou mijar no seu orquidário. Só eu. Sou mais curioso que medroso e um dia, após a aula de horta (sim, sei até hoje plantar um rabanete), descarreguei o suco de tamarindo inteiro no girassol predileto da Bela Gil do Mal.

Não sei se ela era paranormal, ou mantinha homens da KGB infiltrados no quintal. Só sei que, no dia seguinte, o bedel da escola me pegou pelo braço e me enterrou até o pescoço exatamente ao lado do girassol.

A história foi parar na página policial da revista VEJA, o que obrigou minha mãe, finalmente, a tomar uma providência e me matricular na Escola Chácara Crescer, também igual ao sítio dos Novos Baianos, mas com administração Baby Consuelo, com professores maconheiros e aulas práticas de poligamia.

Aí sim o meu mundo passou a ficar Odara.

11 Geração Korin

Fui pressionado pelos meus amigos do churrasco a escrever também sobre o grupo socioeconômico que está acima deles, que, por algum sentimento que eu não sei explicar, adora aparentar um falso desprendimento.

Esse tipo ficou conhecido como “Esquerda Caviar”, neologismo que para mim não é o mais adequado.

Essa gente não come caviar nem morta. Se come, come escondido, na casa da mãe.

O negócio é não dar bandeira.

Prefiro classificá-los de “Geração Korin (a famosa marca de frango orgânico).

Ser um Korin é:

- Levar a empregada de carro até o ponto de ônibus em um dia de chuva e se sentir genuinamente do povo.
- Pegar metrô do Sumaré para a Paulista e se sentir genuinamente do povo.
- Comer um pão na chapa na padoca do Maní e se sentir genuinamente do povo.
- Comer na Casa do Porco do “multifacetado centro paulistano” e se sentir genuinamente do povo.
- Admirar a diversidade do público do Sesc Belenzinho e se sentir genuinamente do povo.
- Passar uma tarde de quarta-feira comendo dadinhos de tapioca no Mocotó (da Vila Leopoldina, claro) e se sentir genuinamente do povo.

- Comprar uma bicicleta de fibra de carbono fabricada no Canadá por R$ 55 mil e chamar o vizinho de burguês-brega-consumista pelo novo SUV.
- É ter um Jeep "velho", ano 2008, nunca lavado, de 150 mil, que pareça ter custado R$ 40 mil.
- É fazer pilates ouvindo Zaz.
- É pedalar pelas ladeiras da Vila Romana com sua bicicleta elétrica e se sentir genuinamente do povo.
- É matricular os três filhos na Escola da Vila, pagar 15 mil de mensalidade, e se sentir genuinamente descolado.
- É sonhar em abrir um sebo na Rua Morás, com um restaurante de comida afetiva no fundo, a R$ 280 por cabeça.
- É apertar firme a mão do mendigo da Rua Harmonia, olhando-o nos olhos. E comprar para ele um sorvete orgânico de romã e se sentir genuinamente altruísta.
- É ter um filho chamado Gael. E uma filha chamada Frida.

12 Banana Sem fiapo

Cá estou no mercado, para gastar o que sobrou no mês (52 reais).

Na esquina da seção dos laticínios com o corredor dos cereais, trombei meu carrinho com o de um cara de mais ou menos a minha idade.

Pedi desculpas, ele assentiu com a cabeça, e quando fui passar, eu vi.

Estavam lá: três bandejas com duas bananas em cada. Sem casca.

Preço: 6 reais cada bandeja.

Comecei a fazer contas na calculadora do carrinho.

Um cacho de banana prata, ali, com oito bananas, estava em torno de oito reais.

Um real por banana.

Na bandeja, descascada, cada banana saia pelo triplo do preço: três reais.

Acelerei o carrinho em busca do sujeito.

Encontrei-o na fila dos frios.

— E aí, beleza?

— Sim.

— Cara, vale a pena comprar banana sem casca?

— Excelente custo-benefício.

— Quantas bananas você come por dia?

Ele me olhou assustado. Fiquei com cara de quem não sairia de lá sem a resposta.

— Eu venho aqui todo dia. Como por volta de seis bananas por dia.

Acionei de novo a calculadora do carrinho. 6 bananas por dia, 180 por mês. 180X3=540 reais. Se ele comprasse as mesmas 180 bananas, não descascadas, ele gastaria 180 reais. 540-180=360 reais. Era a quantia que ele desembolsava todo mês para não ter o trabalho de descascar seis bananas por dia.

Expliquei a equação a ele e sugeri:

— Cara, sou escritor. Meus livros já não vendem muito bem.

Ele continuava me olhando assustado.

— Eu cobro 300 paus por mês para descascar suas bananas. Você economiza 60 reais.

O cara virou o carrinho e acelerou rumo à seção de leite.

Gritei:

— Eu ainda entregaria bananas sem aquelas tiras que ficam grudadas quando a gente vai comer!

Ele não voltou.

Não sabe o que tá perdendo. Trouxa.

13 Vrumvrunzinho

Todo dia, às 6 da manhã em ponto, um cara, vizinho aqui do meu prédio, abre o portão e acelera a moto por 5 minutos. Ele é o meu despertador há exatos três anos.

Ontem, voltando do hospital (tô bem – eram só gases), varado, o encontrei em pleno ritual. Abri a janela do carro e acenei. Ele desligou a moto para me ouvir.

— Cara, quantos centímetros você tem de pau?

— Não entendi.

— Qual o tamanho do seu pau?

— Você é veado?

— Não, sou seu vizinho.

— Que pergunta estranha, cara.

— Você tem pau pequeno, né? Se for de 8cm nem é motivo para revolta. O Dudu Bananinha tem metade disso.

— Cara, você é maluco?

— Na verdade, pensando bem, isso nem chega a ser um problema. Lembra da frase do Vinicius?

— Que Vinícius, meu?

— *Vinicius de Moraes. "Enquanto houver língua e dedo nenhuma mulher nos mete medo".*

— E daí?

— Daí que você não precisa acelerar a moto para ser amado. É só caprichar nas preliminares e tá tudo certo.

Hoje dormi até às 11h. Nada como uma boa conversa.

Acho que vou abrir um consultório.

14 No Vermelho

João Luiz e Alexandre se encontram no feirão do Desenrola Brasil:

— Pô, João, onde fomos parar, brother?

— Pois é, Alexandre. Tá devendo quanto?

— Um milhão e meio. Só de cheque especial. Tem a dívida do cartão também. E você?

— Eu tinha uma conta no Nubank. Mas já bloquearam. Nem sei quanto eu devo.

— Porra, brother, a gente se fudeu por causa daquele filha da puta, né?

— Nem me fala desse cara. Nem me fala. O Roger pelo menos recebe todo mês do SBT. E ainda tem direito de fazer compra no Carrefour no Natal. Ganha cesta da Jequiti todo ano.

— A gente tinha nosso público, né, João. Jogamos tudo no lixo.

— Qual era seu público, Alexandre? A bolha da punheta?

— Que preconceito, brother. Tô me desconstruindo. Tô fazendo um curso na Casa do Saber. Pedagogia da masculinização. Quero voltar a fazer filme pornô, mas com outro olhar.

— Parabéns, Alê. Mas eu não tenho muito para onde ir. Tô perdido.

— Por que você não liga no RH dos Titãs? Tem sempre alguém saindo daquela banda.

15 Picolé de pimenta

Quando o Bahamas foi interditado, semanas após o acidente do voo da TAM, uma revista, já extinta, pediu para eu fazer um perfil do Oscar Maroni, o folclórico e fanfarrão dono do puteiro. É o tipo de matéria que eu topo até de graça.

Fui para lá. Nunca mais esqueço da cena: o Maroni, esparramado no sofá do Bahamas, com cara de choro, e um monte de puta em volta dele, de costas para mim, só de calcinha. Como é dura a vida de repórter.

O homem estava emputecido, babando de ódio do Gilberto Kassab, o prefeito de São Paulo na época, e responsável pela interdição.

— Eu vou entregar todo mundo! To-do mun-do! Não vai sobrar ninguém!

Pedi para ligar o gravador. Ele não deixou. E começou a falar de todos os nomes de políticos que frequentavam o Bahamas. O Kassab, por motivos óbvios, ficou fora da lista, mas eu me lembro do Maroni citando até o Geraldo Alckmin. Acho que falou mais por ódio. Impossível. Eu fico imaginando o Picolé em um puteiro, paparicado pelas primas, falando com aquela desenvoltura habitual:

— Pro-na-te-c/ Fa-te-c/ Bom-Pra-to.

Fiz a entrevista. Como não pude gravar nada, não saí de lá com nada muito relevante, só com a imagem - que ficou uma semana na minha cabeça - do Picolé participando de um bacanal.

O Maroni me acompanhou até a porta. Na saída, me deu um cartão da boate, com uma assinatura dele no verso.

— É um vale-programa, Tom.

— Com assim?

— Com ele você pode escolher qualquer mulher da casa.

— Ah, obrigado, mas a boate fechou.

— Mas o vale é vitalício. Quando ela reabrir, você usa.

O vale está na minha gaveta até hoje. Tô vendendo.

16 Chinelin

Geni, a diarista que não faz café para qualquer um, mas que agora trabalha para qualquer um, acaba de me ligar diretamente da casa do Chico Barbosa, seu novo patrão. Eu sabia que isso ia acontecer.

— Seu Tom.

— Fala, Geni, traidora.

— Tô desesperada.

— Por que?

— Eu não consegui nem fazer café para Seu Chico ainda.

— Por que?

— Eu tô há mais de duas horas catando pelos pela casa. E não vi cachorro nenhum no apartamento. Será que estão tomando banho?

— O Chico não tem cachorro, Geni.

— Como assim? E de onde vem tanto pelo?

— Do Chico.

— Como assim?

— Ele sofre de tricotilomania, Geni.

— O que é isso?

— Compulsão por arrancar o próprio pelo.

— Por isso ele é careca?

— Sim, ele arrancou fio por fio. Os irmãos dele são todos cabeludos. O Márcio, o mais velho, toca em uma banda cover do Iron Maiden.

— Jesus Cristo.

— E onde tá o Chico agora, Geni?

— Tá trancado no banheiro há meia hora.

— Ele gritou?
— Sim, várias vezes.
— Tá arrancando os pelos do nariz ou os do saco.
— Cruz-credo.
— E ele tem outras manias também.
— Quais?
— Vai no quarto dele.
— Tô indo. Cheguei.
— Abre o armário.
— Abri. E aí?
— Tá vendo os chinelos?
— Sim. Nossa, quanto chinelo, um do lado do outro.
— É, ele sofre de chinelin.
— Chinelin?
— É o desejo incontrolável de manter os chinelos emparelhados. Pode olhar no Google. Quer saber as outras manias?
— Não, por favor. Seu Tom, você me aceita de volta?
— Só se você vier agora. Tô sentindo falta do seu café.
— Tô indo. Posso ir de Uber Black? O senhor paga?
— Pago. Vem.

17 Diálogos acadêmicos 1

— Vamos fazer abdominal transversal hoje?

— Bora. Quantas repetições?

— 700?

— Demorô.

— Cara, você viu quem ganhou o Prêmio Nobel de Literatura?

— Quem?

— O Bob Marley.

— Sério?

— Sim. O cara enaltece as drogas e é premiado por isso.

— Um péssimo exemplo para as novas gerações.

— Minha mulher disse que isso é lobby da indústria farmacêutica.

— Sério?

— Sim. Quanto mais drogado no mundo, mais gente precisa tomar remédio.

— Faz sentido. Sua mulher lê pra caramba, né?

— Sim. Ela tem a obra inteira do Sidney Sheldon.

— Ele é bom?

— Sim. Muito fera. Traduzido até no Japão.

— Minha mulher não lê muito.

— Precisa, cara. Se a gente não se informar, a indústria do lobby, da Lei Luanê vai dominar tudo.

— Quem você recomenda além desse Sidnei aí?

— Clarice Lispector.

— Ela é gringa?

— Não, é daqui. Escreve em brasileiro e tudo. Vou te mostrar minha última tatoo.

— Humm.

— Tá vendo?

— Que língua é essa?

— Hebraico.

— O que quer dizer?

— É uma frase da Clarice Lispector, que tatuei para homenagear a Valéria.

— Traduz para mim?

— Claro. "Garotos como eu/ Sempre tão espertos/ Perto de uma mulher/ São só garotos".

— Que lindo, cara.

— Top, né?

18 À Beira de um ataque de nervos

Em uma terça à noite, não sei exatamente quando, mas faz mais de vinte anos, fui jogar sinuca com um amigo de infância, o Fábio.

Jogamos e decidimos dar um pulo em uma casa de música africana, chamada Balafon, na Consolação, frequentada por imigrantes nigerianos.

Os DJs eram sensacionais.

Na vitrola do Balafon tocava Fela Kuti, Mulatu Astatke, Moses Mchunu, Ali Farka Touré, Puto Prata, Korede Bello.

Como era uma terça-feira, quatro da manhã por ai, a pista estava praticamente vazia.

Uns 20 nigerianos e nós dois.

Dançamos por uma hora, sem parar.

Fui até o banheiro e quando voltei, vi o Fábio, já completamente de porre, dançando com uma mulher de quase dois metros.

Seu nariz adunco era proporcional à altura.

Ela era tão feia, mas tão feia, mas tão feia, que me lembrou na hora a Rossy de Palma, a antimusa dos filmes de Almodóvar.

Ela não lembrava a Rossy de Palma.

Ela era a Rossy de Palma.

O Fábio, fã número um de Sylvester Stallone, não fazia a menor ideia de quem se tratava.

Eles começaram a se beijar loucamente.

Ao ver aquela cena inusitada, fui transportado automaticamente para os filmes do Almodóvar.

Tinha 12 anos quando minha mãe me levou para ver "Mulheres À Beira de um Ataque de Nervos", no cine Comodoro.

Ela trocou uma ideia com o bilheteiro e eu entrei.

Rossy de Palma está deslumbrante nesse filme. Pensei em dizer isso a ela, mas me contive.

Curtindo um raro momento de anonimato, achei que ela não gostaria de ser identificada por um fã - não naquele momento.

Eles pararam, enfim, de se beijar.

Fomos apresentados.

— Prazer, sou Rossy.

— Prazer, sou Tom.

— Podemos ir até à minha mesa? Estou com um amigo lá.

Atravessamos o salão. Rossy e Fábio de mãos dadas. Ela se dirigiu ao amigo e apresentou, primeiro, o Fábio.

— Este aqui é o Fábio.

— Prazer, Pedro Almodóvar.

— Vocês são argentinos?

— Não, espanhóis.

— O que vocês fazem?

— Eu sou diretor de cinema.

— Sério? Já viu Rambo 3?

19 Marlboro Velho

A caçula do clã tem uma convulsão. Bozo entra em pânico:

— Liga para o Osmar Terra, ele é médico!

Osmar chega. A menina continua se debatendo.

— Não tem o que fazer, capitão, precisamos esperar a crise passar.

— Não mesmo?

— Até tem, mas não sei se o senhor vai concordar.

— Fala logo, porra!

— Tem a história do Canabidiol…

— O que é que isso, pô?

— É um remédio à base de…

— Então dá logo para menina, porra!

— Não tem aqui…

— Então vai comprar! Manda trazer! Faz alguma coisa!

— Presidente, é um remédio à base de cannabis sativa.

— O que é isso?

— É… é…

— Desembucha, porra!

— Maconha, presidente.

— Tá maluco! Quer dar entorpecente para minha filhinha?

— Estudos feitos por comunistas dizem que a crise poderia passar se ela...

— Você me assegura que se ela aspirar um pouco desse tóchico aí a crise vai passar?

— É uma possibilidade, presidente.

— Eduaaaaardo.

— Sim, pai.

— Traz aqui um cigarro de maconha.

— Como assim?

— Eu sei que você fuma, moleque! Pega lá. Rápido.

— Mas não tá pronto, pai. Tem que dichavar ainda.

— Di o que?

— Tem que preparar o cigarro.

— Então vai, porra.

Bananinha volta com a bomba acesa.

— E agora, Osmar. O que a gente faz?

— Dá para menina tragar.

— Mas ela não tá virando os olhinhos, se debatendo. Como ela vai fazer isso?

— Espera ai, pai. Já sei. Vamos fazer uma peruana.

— Que peruana é essa, pô?

— Vamos assoprar a fumaça de maconha no nariz da Laura.

— É isso mesmo, Osmar?

— Sim, é um procedimento muito comum entre viciados.

— Pai, eu tenho aqui quatro cigarros de maconha. Vamos acender e assoprar tudo junto na Laurinha porque o efeito pode ser maior.

— Tá faltando mais uma pessoa para fumar. General Heleno?

— Oi...

— Acorda para cuspir, porra. É uma emergência. Fuma esse cigarro aqui. É um Marlboro velho do Eduardo. E assopra a fumaça na Laurinha, taolkei?

Laurinha foi aos poucos se acalmando. E todos na sala, também.

Bolsonaro passou a fumar três vezes ao dia, além de ingerir um supositório de Canabidiol antes de dormir.

Como o personagem daquele filme, um ogrão que se humaniza a partir de uma experiência (me ajudem aí), ele se transforma no avesso do que era.

Vocês acham possível ou ando exagerando nos supositórios?

20 O Locausto brasileiro

— Oi, Tom, bom dia.

— Bom dia.

— Acabei de me formar em jornalismo.

— Bacana.

— Pode me dar algumas dicas rápidas por aqui, no Instagram?

— Dicas rápidas?

— Sim.

— Tá bom. Tá anotando?

— Tô! Que Deus o abençoe, Tom.

— Primeira dica, anote aí.

— Sim.

— Deus não abençoa ninguém.

— Por que?

— Porque ele não existe.

— Não existe? Como assim? Quem falou?

— Não existe. E mesmo que ele existisse, você não poderia acreditar nele.

— Não posso? Por que?

— Jornalista não acredita em instituições.

— Deus é um instituto?

— Sim, igual o Tomie Ohtake.

— Tomi o que?

— Tomie Ohtake.

— Como se escreve?

— Qual o último livro que você leu?

— "Crime e Castigo". Faz tempo.

— Quanto tempo?

— Foi no começo da facu, em uma viagem de ônibus para Taubaté.

— Quanto tempo dá de ônibus até lá?

— Duas horas e meia.

— Você leu Crime e Castigo em duas horas e meia?

— Sim.

— Rápido, hein?

— É, sou amarradão nessa autora. Fluiu bem.

— Autora?

— Sim, a Agatha Christie. Ela é top.

— Cara, pode voltar a acreditar em Deus.

— Posso mesmo?

— Pode.

— Obrigado, mestre.

— Tenho um livro para lhe recomendar.

— Qual?

— "O Crime de Jorge Amado", de Eça de Queiroz.

— Anotado. Mais algum?

— "As Aventuras de James Joyce", de Ulisses. Esse você pode ler quando for ao Guarujá.

— Muito obrigado, Tom. Seguirei em busca do conhecimento.

— Amém.

21 Diálogos acadêmicos 2

— Vamos hoje de supino inclinado com halter?

— Demorô.

— Sabe o Eduardo Campos?

— Sim, aquele político que morreu em um acidente de avião.

— Ele mesmo. Sabe de quem ele é filho?

— De quem?

— Do Chico.

— Que Chico? Chico Anysio?

— Não, sua anta. Do Chico Buarque.

— Sério?

— Sim. Vi no programa do Sikêra Jr.

— Como descobriram?

— Pela cor dos olhos. Igualzinho.

— E ele nem foi no velório, no enterro?

— Que nada. Ele nem assumiu a paternidade.

— Que filho da puta. Comunista né?

— Puta cara escroto. Diz que lutou contra a ditadura. Ele queria era comer a mulherada.

— Ele é petista, né?

— É, petista doente. Visitou o Lula na prisão. Cantou para ele e tudo. Alias, eu preciso te contar um segredo.

— Sobre quem?

— Sobre o Lula. Tem um amigo meu que trabalha na Polícia Federal.

— É o japonês?

— Não, é o Nando. Ele tava no dia em que prenderam o Lula.

— Foi lá no apê dele?

— Sim.

— E aí, muito luxo?

— Até que não. Se bem que o terraço gourmet é show. Top.

— Eles revistaram o apartamento?

— Então, é isso que eu quero contar. Mas não pode sair daqui, ok?

— Tá bom.

— Eles revistaram o apê do Brahma todinho. Acharam um cofre camuflado no closet da Dona Marisa.

— Sério. Mandaram abrir?

— Lógico.

— E o que tinha lá?

— Véio, você não vai acreditar.

— Fala!

— O dedo do Lula.

— Como assim?

— O dedo que ele cortou na fábrica de propósito para ganhar aposentadoria.

— Sério?

— Sim. Tava no formol.

— Mas por que ele guarda o dedo?

— Ah, sei lá. Esse meu amigo disse que o Brahma pretende reimplantá-lo um dia.

— E como a imprensa não ficou sabendo dessa história?

— Aí que está. Parece que o Brahma pagou 3 milhões de dólares para o diretor da PF. O Nando recebeu o dele também. Não é para sair por aí contando, hein.

— Não, pode deixar. Quer dizer que o dedo tava em um vidro com formol?

— É. Surreal, né?

— Que nojo.

22 canastra real

Marcelinha e Michelzão: 20 anos de casados.

Como vocês bem sabem, eu testemunhei o início dessa linda história de amor.

Conto de novo:

Eu amava os meus avós maternos apesar da adoração deles por Campos de Jordão, em uma época em que a cidade abrigava, sozinha, todos os coxinhas do sudeste brasileiro – a Riviera de São Lourenço não tinha ainda nem certificado ISO 9000.

Ar puro o caralho: eu odeio Campos e seu cheiro de fondue quatro queijos.

Foi lá, em um carnaval de 1998, mergulhado nas profundezas do tédio, que eu tive um encontro curioso com o futuro mordomo-em-chefe do Estado brasileiro: Michel Temer.

Eu era um jovem cheio de testosterona, o que em Campos de Jordão não quer dizer absolutamente nada: a gatinha mais atraente do hotel era uma senhora com a cara da Nair Belo, que desfilava toda assanhada com seu maiô de zebra cavado.

Um tesouro, diria Agnaldo Rayol.

No penúltimo dia de hospedagem, durante o café da manhã, quase me engasguei com os ovos mexidos: uma loira linda, de cabelos longos, surgiu do nada e ainda por cima sorriu para mim.

Dessas coisas que acontecem uma vez na vida com homem feio.

Hoje tenho certeza que era pura falta de concorrência.

Só fui revê-la à noite. Eu estava no salão de jogos, em meio a uma emocionante partida de buraco com os meus avós, quando a vejo de roupão, caminhando em direção à piscina térmica.

Abandonei a partida no meio, para a decepção de meu avô, meu parceiro: "Tom, falta uma carta para você pegar o morto!".

Subi para o meu quarto, coloquei uma bermuda, botei o mesmo roupão do hotel e desci as escadas pulando de três em três degraus.

Cheguei na piscina. Não tinha ninguém. Nem uma velhinha de touca.

Fui caminhando, olhando para o fundo da piscina e murmurando para mim mesmo: "Será que demorei muito?" Estava quase desistindo, quando percebi que a sauna estava com a porta entreaberta e a luz acesa.

Acelerei o passo. Arremessei para longe o meu Rider encardido e entrei, sem dizer nada.

A loira estava sentada no colo de um homem de nariz adunco e cabelo acaju acobreado. Sua sunga, juro, era branca.

— Cai fora, moleque.

Ela pegou o morto. Eu, não.

23 Fudendo o psicológico

— Oi, pai.

— Oi, Julia.

— Você gosta do Brizola?

— Sim, admiro sua trajetória.

— Eu também.

— Que bom, filha. Ele é um caso raro de político que priorizou a educação.

— Político? Educação?

— É, ele fez o Cieps com o Darcy.

— Darcy? Quem é essa?

— Esse. Darcy Ribeiro. Grande antropólogo.

— Pai, lá vem você com seu TDAH.

— Como?

— Eu tô falando do MC Brisola!

— Quem?

— O que canta "Vai Sentando no Fuzil"

— Ahhh.

— E você nessa viagem aí, Darcy, Cieps, não tava entendendo nada.

— Canta aí o refrão, filha.

— Qual refrão?

— Do "Vai Sentando no Fuzil".

"Vai sentando, vai sentando
Vai sentando no fuzil
Vai sentando, vai sentando
Vai sentando no fuzil"

— Que poeta urbano, filha! Visceral.

— É dele também "Fudendo o Psicológico". Quer ouvir?

— Não. O meu já tá fudido faz tempo.

— Eu já falei para você cuidar do seu TDAH.

24 O poeta não morreu

— Tom, precisamos de pautas mais quentes. Cadê o furo?

Era o editor do caderno de cultura, fazendo o que todo chefe tem que fazer: cobrar do repórter matérias exclusivas, de grande repercussão, chamadas de "furo" no jargão jornalístico.

— Pode deixar.

Essa cobrança era sempre feita na reunião de pauta. E nada é mais chato na profissão de jornalista do que participar de reunião de pauta. Por duas razões:

1) Elas não costumam demorar menos do que seis horas. Deveria ser o contrário, mas não existe bicho mais prolixo que jornalista. No *Estadão*, tinha uma decana da crítica de artes que falava mais do que o Fidel em assembleia da ONU. Isso em uma época em que não existia candy crush e nudes para a gente se distrair. Enfim, uma tortura, uma viagem às profundezas do tédio que espero nunca mais fazer.

2) Eu nunca tinha pauta para sugerir. Adotava sempre a mesma estratégia. Me sentava à mesa na direção oposta à do chefe, de frente para ele. Assim, independentemente do repórter que ele escolhesse para começar a reunião, do seu lado esquerdo ou direito, sempre ganhava um tempo para pensar em alguma coisa. Quase sempre eu inventava alguma pauta na hora – depois dava um jeito. Uma vez, sem pauta nenhuma, inventei que tinha conseguido uma entrevista exclusiva com o Sílvio Santos. Fui aplaudido de pé pelos repórteres – e pelo chefe.

O problema é que esse meu chefe, que havia trabalhado comigo justamente no *Estadão*, já conhecia minha tática.

— Tom, nem vem que não tem. Sugeriu uma entrevista na reunião, tem que fazer!

Fiquei aflito. Tinha acabado de ser contratado. Precisava de um furo para me livrar da fama de repórter malandro. Tive "sorte": logo na primeira semana recebo um e-mail de um pesquisador baiano:

> *"Prezado Tom Cardoso, sou fulano de tal, pesquisador da UFBA, com mestrado não sei onde. Tenho, em minhas mãos, poemas inéditos do Torquato Neto. Interessa?"*

É claro que interessava. Não se lia nada inédito de Torquato, jornalista e poeta, parceiro de Caetano e Gilberto Gil, amigo de fé de Glauber Rocha, um dos grandes nomes da contracultura (o tropicalismo não seria gestado sem ele), desde seu suicídio, em 1972.

Enfim, seria um furo. Pedi para o pesquisador me mandar os poemas por e-mail. Ele mandou. Li e achei estranho. Não pareciam escritos por Torquato. Pedi o telefone do pesquisador e liguei para ele.

— Olá. Recebi os poemas.

— Lindos, não?

— Sim, mas o estilo é diferente.

— Pode ser. Os poetas estão sempre em transformação.

Liguei para alguns jornalistas baianos. Eles conheciam o cara, que era, de fato, um pesquisador, e um profundo conhecedor da obra de Torquato. Fiquei mais aliviado e fui todo confiante para reunião de pauta.

Sentei-me ao lado do chefe e abri a reunião:

— Consegui poemas inéditos do Torquato Neto.

— Sensacional, Tom. Vamos soltar logo isso. Capa de amanhã, ok?

— Beleza, saio daqui e escrevo.

O caderno fechava ao meio-dia do dia seguinte. A vinte minutos do fechamento, já com matéria escrita, editada, paginada, a caminho da gráfica, eu liguei para o pesquisador.

— Opa, a matéria sai amanhã.

— Que legal! O Torquato vai gostar.

— Como assim gostar? Ele morreu, pô.

— Sim, morreu. Mas eu vou falar com ele.

— Tá doido. Papo de maluco. Se ele morreu como você vai falar com ele?

— Eu sou médium, Tom.

— Ahã? Como você conseguiu os poemas inéditos?

— Foram psicografados por mim.

Desliguei e fui correndo falar com o meu chefe:

— A matéria de capa tem que cair.

— Como assim, Tom? Os poemas não são inéditos?

— São, mas vieram do além.

Corremos os dois para a escada que dava acesso à gráfica. Cheguei lá e vi a revisora chorando lendo um dos poemas. Mandamos colocar um anúncio da Gillette na capa.

Não fui demitido, mas quase fui fazer companhia para o Torquato.

25 I can't get no Satisfaction

Eu juro que não entendo: os Stones são convidados para as melhores festas do mundo e sempre acabam tomando prosecco na casa de algum rico chato.

Aqui em São Paulo os caras se superaram: passaram uma madrugada na casa da Luciana Gimenez. Sim, a refinada anfitriã é mãe do filho do Jagger, mas olha só quem apareceu no regabofe: Álvaro Garnero, Alvarinho Garnero, Fábio Arruda, Luigi Baricelli, Nizan Guanaes, Donata Meirelles... e... e... e... e... Geraldo e Dona Lu Alckmin! Eu dava minha vida para ser um dos garçons da festa.

Fico imaginando um diálogo entre o Picolé e o Keith.

— Olá, eu sou o Geraldo. Qual sua graça?

— Keith.

— O senhor toca qual instrumento?

— Guitarra.

— Faz um barulho e tanto né?

— Sim, isso é rock and roll.

— Eu gosto muito de Ray Conniff. Já tocou com ele?

— Não. O senhor é padre?

— Não, sou vice-presidente do Brasil.

— Hummm.

— Mas sou temente a Deus. O senhor não é?

— Eu tenho uma certa simpatia pelo demônio.

— Ahã?

— Sim, roubei as almas e a fé de muitos homens.

— Jesus Cristo!!! Com licença, rapaz.

26 Não para! Não para!

— Oi, Tom.

— Opa.

— Saí ontem com aquela morena do Tinder.

— Qual?

— A que eu mostrei a foto, beijando um golfinho em Aruba.

— Ela te beijou também?

— Tom, é sério, tô desesperado.

— Calma. Respira. Me explica o que tá rolando.

— Antes de sair com ela, passei na farmácia.

— E?

— Comprei um viagra.

— Cara, por que esse relatório todo? Fala logo.

— Eu tô de pau duro até agora.

— Como assim? Qual dose você tomou?

— Dois comprimidos de 100mg.

— 200mg? Tá louco? Pirou?

— Eu tava ansioso demais...

— Duzentos é a dose nível General Heleno.

— Ixi.

— Até o Nelson Teich ficaria com paudurência.

— Esse é o problema, Tom. Tô com medo de ser preso.

— Como assim? Onde você está?

— Num buffet infantil. Vim fazer as fotos.

— Ixi.

— A tiazinha do suco de uva já percebeu. Não tira o olho de mim.

— É bonita?

— Parece a Palmirinha.

— Isso! Pensa na Palmirinha. Feche os olhos. Fechou?

— Sim. Vai falando.

— Palmirinha, no programa da Ana Maria Braga. Léo Batista, Nariguda dos filmes do Almodóvar.

— Continua, continua...

— Graça Foster, Angela Markel, Teresa Mei, Cristina Kirchner...

— Porra, Tom!

— O que foi?

— Eu tenho um puta tesão na Cristina Kirchner!

— Calma, calma. Já sei! Fechos os olhos de novo. Acho que agora vai dar certo.

— Fechei.

— Lembra daquela cena da Sonia Braga subindo a escada na novela Gabriela?

— Você quer fuder comigo né Tom?

— Calma. Substitua a Sonia Braga pela Damares.

— Boa!

— Agora ela tá subindo um pé de goiaba, de calcinha rosa, claro.

— Vai! Vai!

— Ela dá uma mordida em uma goiaba, toda bichada.

— Não para! Não para! Não para!

— Jesus Cristo aparece no pé da goiabeira. Ou melhor, o Inri Cristo.

— Ufa, Tom. Amoleceu. Fico te devendo essa.

— Disponha.

27 Peito-relâmpago

O filho adolescente de uma amiga está viciado em putaria na internet. Passa o dia votando nos vídeos favoritos do PornoTube. Ela diz que o teclado do Bernardo é um nojo só. Eu imagino.

Fiquei pensando como era muito mais sofrida a vida do punheteiro nos anos 80.

A começar pela escassez de oferta.

Revistas? Playboy, Ele Ela e Mini Fiesta (a minha favorita) e olhe lá.

Filme pornô?

Um adolescente de classe média baixa como eu não tinha videocassete em casa em 1985.

A única opção era uma série erótica chinfrim que passava toda sexta-feira, depois da meia noite na TV Record (pré-Edir Macedo), chamada “Sala Especial”.

A regulagem da Sala Especial era tão grande que, se você fosse ao banheiro, ou atendesse o telefone, ou pegasse o rolo de papel higiênico, corria o risco de perder a cena de nudez, que se resumia sempre apenas a rápidos closes de peitinhos, mostrados no máximo duas vezes por filme.

Lembro do desespero do irmão gêmeo, tentando “aproveitar” o surgimento do peito-relâmpago. Até hoje ele sofre de ejaculação precoce, tadinho.

As revistas me salvaram.

Meu pai assinava a Playboy. Ele lia a entrevista do mês, reclamava da falta de cintura da loira americana do pôster e me repassava.

A minha favorita era com a Magda Cotrofe na capa. Que tesão de mulher. Dormia com a revista debaixo do travesseiro.

Uma vez, nas férias de julho, acordei meio-dia, levantei o travesseiro e nada.

Cadê a Magda?

Levantei correndo. Abri a porta da sala e lá estava minha mãe com mais duas amigas, segurando a revista.

— Liginha, aqui tem uma matéria ótima sobre as dez melhores dicas de viagem para Salvador. Abra para você ver...

Não deu tempo. Do corredor, eu vi a cena:

A amiga da minha mãe tentando abrir a revista, que mais parecia ter saído de um balde de Suvinil. O barulho da página sendo rasgada e a Liginha, incrédula, perguntando para minha mãe:

— É cola, Aninha?

Só me restou gritar:

— É Super Bonder! Não toca!

28 Tom Diná e o Bolsonarismo

O que será do bolsonarismo daqui a dez anos? Algumas previsões:

General Heleno

Aos 114 anos, é o garoto-propaganda mais velho da história da publicidade. O produto VIAGRO faz sucesso com o slogan: "Agro é tech, agro é pop, agro é duro".

Padre Kelmon

Foi preso em uma casa de shows em Aracaju, dessa vez se fazendo passar pelo sambista Jorge Aragão. O flagrante foi dado após falha no equipamento de playback, enquanto o ex-falso padre cantava "Ô coisinha tão bonitinha do pai".

Ricardo Salles

Morreu carbonizado após atear fogo no armário de madeira do próprio quarto, no Natal de 2025.

Damares Alves

Inspirada por Krajcberg, mora em uma casa construída no alto de uma goiabeira em Paranaguá. Espera por uma nova aparição de Jesus Cristo, que até agora não deu as caras.

Paulo Guedes

Está na UTI desde janeiro de 2026, quando foi jogado de uma roda gigante da Disney pela empoderada diarista Geni.

Véio da Havan

Perto da falência, mudou o nome do grupo varejista para Havana. Enormes estátuas de Che Guevara e Mao Tsé-Tung viraram os novos símbolos da rede. Um novo slogan também foi criado: "Pague tudo em 13 vezes sem juros!"

Carlos Bolsonaro

Anunciado como o primeiro beneficiado pelo programa "EU SOU HOMEM, EU SEI", que trata o homossexualismo por meio de sessões de hipnose, vive com a esposa Carla Zambelli em Miami. O casal tem três filhos: Ku, Klux e Klan.

Eduardo Bolsonaro

Vítima de um erro de cálculo cometido pelo médico Osmar Terra, após uma cirurgia de aumento peniano (seu órgão genital passou do tamanho de um polegar para assustadores 27 centímetros), se tornou uma das estrelas da indústria pornô americana. O filme "El Chapeiro do Texas" foi lançado no Brasil recentemente.

Michele Bolsonaro

Mora em Palm Beach, na Flórida, com Donald Trump. O ex-presidente americano a elogia diariamente: "Você chupa muito melhor que seu ex-marido".

Bolsonaro

É dono da Talkey, escola de paraquedistas em Rio das Pedras. Dada a pouca excelência de seu quadro técnico, formado por milicianos, de cada 100 saltadores, 70 morrem esborrachados no chão. Mesmo assim a fila de espera é de quatro meses.

29 Adeus, Merça

— Olá, tudo bem, Amanda?

— Oi…

— Que cara é essa?

— Nada…

— Não tô parecido com a foto?

— Não, tá sim.

— Mas você tá estranha.

— Primeiro encontro do Tinder é assim, oras.

— Não, você tá sem graça. O que foi?

— Tá bom, vou falar.

— Fala.

— Tanto lugar legal na Vila Madá e você marca em um bar que se chama Mercearia? Eu não vim comprar pasta de dentes.

— Relaxa. Você vai gostar daqui.

— Já achei estranho não ter QR Code.

— Tem cardápio.

— Todo gorduroso, que nojo. É um rolo de papel higiênico ali na prateleira?

— É, tem um mercadinho dentro do bar.

— Que péssimo. Comer olhando isso. Como é o esquema aqui? Comanda?

— Não, normal. Só chamar o garçom. Tá com fome?

— Sim. Tem espetinho?

— Não.

— E Temaki?

— Amanda, isso aqui é um boteco.

— Nada a ver. No Inimigos do The End, na Vila Olímpia, tem temaki. E é boteco. Tem até costelinha com molho barbecue igual do Outback.

— Relaxa, mulher. Vamos pedir um sanduíche de pernil?

— É nosso primeiro encontro e você vai pedir isso?

— É um clássico daqui.

— Romântico você, hein. Aliás, você podia aparar essa barba. Tá enorme.

— Hehe, eu curto deixar crescer.

— Só tem homem de barba aqui. Tá parecendo passeata do PT.

— Você é bolsominia?

— Eu sou qualquer coisa, menos esse lixo do PT. Não vai me dizer que você é comunista?

— Deixa de ser ridícula. Quem falou que petista precisa ser comunista?

— Ahhhh!!!! Você é petista! Eu sabia! Eu sabia!

— Sim, sou de esquerda, com muito orgulho.

— Ah, era só o que me faltava, comer sanduíche de pernil e com um petista. Bem que minha prima falou que o Tinder era roubada.

— Roubada é você. Sua cafona!

— Seu comunista!

— Vaza, mina. Vai comer seu churrasco de coração de galinha lá na Vila Olímpia! Romântico pra caralho.

— Vai cagar, comunista! E não esquece de levar o papel higiênico ali.– E você a pasta de dentes. Bafo de espetinho.

O Tinder ainda vai me levar ao sacerdócio.

30 Picadinho

Tava apertando as maçãs para ver qual eu levava, quando ouço o seguinte diálogo:

— Não tem melão cortado?

— Não, senhora. Só o melão mesmo.

— Mas eu queria cortado. Na bandejinha.

— A senhora quer que a gente corte?

— Sim, eu quero.

O funcionário levou o melão debaixo do braço para a parte interna do mercado e voltou com a bandeja.

Apertei a décima quinta maçã.

— Aqui está, senhora.

— Garoto, você é novo aqui?

— Sim.

— Tá se vendo. Você tem muito o que aprender.

— Sim, estou começando.

— Olha o tamanho desses pedaços? Você acha que isso cabe na minha boca?

— Desculpe, senhora. Vou lá cortar de novo.

— Por favor né! E pega outro melão. Esse tá verde, você não percebeu? Aff. O Brasil de mal a pior.

O garoto foi pegar o melão. Encarei a madame:

— A senhora lembra do Chico Picadinho?

— Como? Não entendi.

— Sou neto dele. Se a senhora reclamar de novo, quem vai picar você em pedacinho sou eu, bem pequenininho, menor que o melão.

— O que é isso?

— E na sua boquinha vou colocar uma banana da terra.

Todo começo de ano eu fico muito sensível.

31 Portuga x Dentuça

Só dá a Maria Conceição Tavares nos Reels do Instagram.

Vídeo dela dando esporro em aluno malcriado. Vídeo dela fumando em sala de aula. Vídeo dela mandando os tecnocratas tomarem no rabo.

Minha mãe foi casada cinco vezes.

Um jornalista. Um economista. Um baterista do Raul Seixas. Um físico nuclear. Um artista plástico.

Na casa do marido economista, conheci a Conceição Tavares.

Uma vez por semana, ela chegava, sentava no sofá, acendia um cigarro, pegava o copo de uísque e começava a falar. Pelos cotovelos.

Pra mim, aquela portuga falava chinês. Boiava total.

No verão de 1990 eu tinha 18 anos e ainda cursava a oitava série.

Se tinha dificuldades com o B ao quadrado menos quatro A C, imagina para entender o economês da época.

Uma cena e uma frase naquele sofá nunca saíram da minha cabeça.

A Conceição Tavares, com o dedo na cara de uma loira dentuça, gritando:

— Você vai é fuder com os pobres!!

— Você vai é fuder com os pobres!!

E um tiozinho de óculos, tentando evitar que a portuga batesse na dentuça.

Muitos anos depois, me dei conta que a dentuça era ninguém menos que a então Ministra Zélia Cardoso de Mello, responsável pelo pacote econômico batizado de Plano Collor – que, entre outras barbaridades, determinou o bloqueio das cadernetas de poupança.

O tiozinho: João Manuel Cardoso de Mello, primo da ministra da Fazenda e cunhado do meu padrasto.

Haddad, cuidado: se você continuar defendendo déficit zero a Gleisi Hoffmann vai jogar a Portuga no seu sofá.

32 Geminha mole

Fui almoçar ontem em um restaurante da Vila Madalena, com mesas na calçada. Pedi um uísque sour, comecei a beber em jejum, na esperança de não desmaiar antes do rango chegar.

Tinha pedido um das minhas combinações favoritas: carne assada com arroz biro biro, farofa, dois ovos fritos e duas bananas cozidas, prato que não faz parte do cardápio, mas nada que o Juarez, o garçom mais gentil de São Paulo, não resolva.

Meia hora depois, o Juarez trouxe o rango. Quase bêbado, fui dar um cutucão com o garfo na banana, quando um cara, do nada, parou na frente da mesa.

Percebi pela cor do dedão e pelo poncho fedendo a bunda de cachorro que se tratava de um mendigo. Morrendo de fome.

Nessas horas, não há muito o que fazer. Ou se é solidário ou um grande filho da puta.

Nem tive tempo de consultar minha consciência.

Em menos de cinco segundos, o cara já estava dobrando a Fidalga. Com meu prato na mão.

Só ficou a banana, espetada no meu garfo.

Meio cachaçado, demorei para entender o que estava acontecendo. Quando olhei para trás, vi o Juarez correndo e gritando "Pega Ladrão!", "Pega Ladrão!".

Tentei correr. O negroni não deixou.

O Juarez voltou bufando, apontando para um carro, parado em frente ao restaurante.

— Entra, aí. Tom. Vamos pegar esse filho da puta. Ele desceu a Aspicuelta.

Eu não sei se o mendigo era um ex-velocista que tinha perdido o patrocínio ou se a vontade de comer o arroz biro biro era tanta que o cara encarnou o Ben Johnson. Só sei que o cara sumiu. Como um raio.

Rodamos uns dez minutos pela Vila. Mais por vontade do Juarez, que não se conformava. "Porra, Tom. Roubar a comida de alguém? Isso na minha terra acaba em morte."

Desistimos da busca. Na volta, para a nossa surpresa, vimos o mendigo sentado, encostado na parede de uma farmácia da Harmonia, tomando sol, com as pernas abertas. Do lado, meu prato. Vazio.

Nos aproximamos. Pedi calma para o Juarez. Não era o Flavio Bolsonaro. Era um morador de rua.

O cara viu a gente e sorriu.

Enormes lábios amarelos, cor de ovo.

— Eu adoro geminha mole.

Eu também, porra.

33 Dois é demais

Toda vez que eu desço da escada do avião, desembarcando no Santos Dumont, repito para mim mesmo:

"Aqui são dois beijos. Aqui são dois beijos. Aqui são dois beijos".

Quem vive na ponte aérea, sabe do que estou falando.

Carioca dá dois beijos. Paulista um.

Parece algo bobo, sem importância, mas não é.

Uma vez, fui entrevistar a Elza Soares.

Dei o primeiro beijo e recolhi a cabeça para trás, me esquecendo do segundo.

O movimento da Elza para dar o segundo não encontrou minha bochecha, pior do que isso: ao se deparar com o espaço vazio, seu pescoço caiu abruptamente para baixo, provocando um grito de dor.

Aqui em São Paulo é ainda pior. Os cariocas também se esquecem do nosso beijo unitário e vivem ficando no vácuo. Imagine quantos negócios foram desfeitos porque alguém se sentiu ridicularizado.

E pensar quem em algumas cidades do Rio Grande são três beijos. No Nordeste também.

Mas nada se compara com uma pequena comunidade caiçara, a praia de Almada, no norte de Ubatuba, onde a tradição manda que se dê cinco beijos. Juro.

Alicinha, minha namorada de adolescência era de lá, a caçula de 16 irmãos, sendo que 13 eram mulheres.

Além da mãe, moravam com ela duas tias, uma avó e sete crianças, suas sobrinhas.

De modo que toda vez que chegava na Almada, morrendo de saudade da Alicinha, tinha, primeiro, que passar por um interminável corredor polonês afetivo.

Peguem a calculadora: 25 mulheres, 50 bochechas, 5 beijos e cada uma. 250 beijos.

Levando-se em conta que cinco beijos levam cinco segundos, e que tem sempre um parente que gosta de conversar, mais o tempo que eu demorava para ir de uma bochecha à outra (elas não me recebiam em fila indiana), gastava-se 2 minutos por cabeça.

2 minutos x 50 bochechas = quase duas horas para, enfim, beijar quem eu queria beijar.

E uma das velhinhas da casa estava com Alzheimer. No terceiro beijo pensava que ainda estava dando o primeiro. Não acabava nunca.

Terminei com a Alicinha e comecei a namorar a Tina, da Pompeia. Filha única.

Um beijo na mãe, Dona Tinoca, e pronto.

34 Tempo perdido

Fui almoçar ontem com o Afonso, meu grande amigo.

— E aí, me conte as novidades.

— Já conto, Tom. Deixa só eu gravar um áudio no WhatsApp?

— Claro.

— "Ando devagar, porque já tive pressa e levo esse sorriso porque já chorei demais".

— Para quem você cantou isso aí?

— Para Nanda.

— Sua nova namorada?

— Sim. A gente combinou de cantar um para o outro trechos de canções. Amanhã vou cantar para ela "Tempo Perdido" e sábado, "Folhetim"

— Isso não parece ideia sua. Você sempre foi meio ogrão.

— Não, foi ideia dela mesmo. Ela está me transformando em um cara melhor, Tom.

— Tô vendo. Onde vocês se conheceram?

— Não sei exatamente. Acho que na Recoleta.

— Como assim não sabe exatamente?

— Nosso perfil se cruzou em Buenos Aires.

— Que perfil, Afonso?

— Do Tinder.

— Entendi. Aí vocês marcaram um encontro de verdade.

— Não. Eu estava correndo a maratona e voltei no dia seguinte. Ela mora lá, faz um curso de roteiro. Mas volta em maio para São Paulo.

— Então vocês nunca se viram?

— Não.

— E estão apaixonados?

— Sim, visceralmente.

— Cuidado, cara.

— Tom, a gente gosta das mesmas coisas. Ela curte cinema italiano, adora comida peruana. Ela também achava que Taylor Swift era uma marca de carne.

— E isso já é o suficiente para ela ser a mulher da sua vida? E se ela tiver bafo? Bruxismo? Perguntou o que ela acha do Milei?

— Ele é centro-esquerda. Uma mulher de grande vivência. E uma leoa na cama.

— Como assim?

— A gente já transou várias vezes pela webcam. Gozamos sempre juntos. Nunca tive essa sintonia com mulher nenhuma.

— Ah, a tal química, a coisa de pele.

— Isso! Agora você está começando a entender.

— Beleza, se você está feliz, tá valendo.

— Aliás, Tom, nosso almoço não pode ser demorado. Vou comprar tinta para pintar todo o apartamento. A Nanda escolheu as cores.

— Do quarto do bebê também?

— Quarto do bebê?

— Ué, se ela é a mulher da sua vida, vocês vão ter filhos juntos.

— Você acha...

— Sim! Faça uma surpresa para ela.

— Boa, Tom! Vou trocar "Tempo Perdido" por "Eduardo e Mônica". A Nanda vai amar. Ela adora ser surpreendida.

O Afonso foi lá comprar tinta e a frase do Millôr não me saiu da cabeça:

> *"Como são adoráveis as pessoas que*
> *nós não conhecemos bem"*

35 Travessuras ô caralho!

Crianças desprovidas de ritalina já bateram 143 vezes na minha porta.

É a chateação de sempre: meninos e meninas, com aquela cartola ridícula e olheira de panda, e a maldita pergunta que expõe todo nosso provincianismo.

Todo ano abro a porta de cueca e respondo, aos berros, cuspindo na cara dos pirralhos:

— Travessuras o caralho, o meu nome é Tom Pequeno, porra!

Os pequenininhos choram. Os mais velhos interfonavam para as mães.

O Moacir, o síndico, pediu para que eu pegasse leve com as crianças dessa vez.

— Tom, não precisa comprar babalu nem pirulito. Mas se não está no espírito da brincadeira, não abra a porta.

Dotado de um leve estoicismo (e de bons trocadilhos), mudei a performance.

Assim que a porta se abriu, dei um forte cascudo na moranga de cada moleque e berrei:

— Vão ler Câmara Cascudo, seus merdinhas colonizados!

O Moacir acaba de me ligar. Querem convocar uma reunião.

Tô pronto para enfrentar a cafonalha.

Nos pequenos dou de prancha e nos grandes dou de talho.

36 Papel crochê

Inverno de 1997, por aí. O João Bosco decidiu fazer um show com o filho, o Francisco Bosco.

O Bosquinho queria ser o novo Aldir Blanc, mas as letras eram chatas pra dedéu (parece que ele parou de cantar e hoje faz um programa de televisão com o João Vicente, o Mário Frias da esquerda).

Conclusão: a dois dias da apresentação, no Tom Brasil, não tinham sido vendidos nem 10% dos ingressos.

Nessas horas, os assessores das gravadoras entram em ação, não só dobrando os esforços na divulgação como oferecendo um número ilimitado de ingressos para os jornalistas.

Eu trabalhava no Caderno 2, do Estadão. Miriam, da BMG, me liga:

— Tom, quer ir em um show amanhã?

— Opa, de quem?

— João Bosco.

— Claro que eu quero. "Genésio, a mulher do vizinho, sustenta aquele vagabundo. pã pã pã".

— Essa não tá no show.

— Não?

— É um show intimista, voz e violão. Ele vai cantar só as músicas do filho.

— Ixi, Miriam. Será?

— Vai ser legal, Tom. Leva uma turma. A gravadora garante comida e bebida.

— Opa, tá melhorando. Quantos ingressos você pode arrumar?

— Todas as mesas da primeira fila. Dezoito pessoas.

Liguei para os amigos da sinuca, um pessoal do Morro do Querosene que curte MPB, convidei dois primos, três vizinhos e o Nelsão, meu amigo de infância, que topa qualquer programa onde se ofereça bebida na faixa.

A caravana chegou ao Tom Brasil.

Entendi o desespero da Miriam: a casa estava às moscas.

Ocupamos a primeira fila e começamos a beber.

Pai e filho entram no palco.

O Bosquinho, coitado, percebeu na hora que a plateia era comprada.

Naldão, tomando uísque e comendo canapé, feliz pra carallho.

João Bosco começa a cantar, daquele jeito dele:

"Abadubadá, badubala, abadu bada. Badu".

Na quarta música, Sarinha, sobrinha da Geni, a única animada com o show, grita:

— "Papel Crochê!"

Vou encurtar a história.

A cada música, um dormia.

Eu tentei resistir até o fim, mas também fui levado para as profundezas do tédio. O uísque e o Bosquinho ajudaram.

Fui acordado pela Miriam, sempre gentil:

"Tom, avisa o pessoal. Vai ter sim Kid Cavaquinho no bis".

37 RFGCS PIUS Personal Style Banker

Hoje voltei a trabalhar na Agência do Itau Personnalité do Jardim Bonfiglioli.

Não, não virei o gerente Cardoso.

Continuo jornalista e escritor.

Mas quando começa a esquentar não há outro refúgio possível para alguém calorento e pobre como eu.

Em janeiro de 2017, o mais quente dos últimos anos, cheguei a trabalhar na rua.

Foi uma experiência enriquecedora, mas pouco confortável.

Bem diferente dessa agência onde estou agora, o único lugar do Brasil onde a classe média é tratada com zelo e carinho.

Aqui não há só ar condicionado.

Há salas com mesas e tomadas, onde o cliente premium pode trabalhar sem ser incomodado, com direito a três ristretos por dia, servidos pela Mauricélia, copeira e minha amiga.

Quinta-feira tem língua de gato da Kopenhagen.

Na hora do almoço leio os três jornais assinados pela agência: Folha, Estadão e Globo. Já falei para a Mauricélia pedir para a gerência uma assinatura da Piauí.

Não sou cliente e não pretendo ser.

Nesses lugares, ninguém pede comprovante de nada – não é como essas salas VIPs de aeroporto.

Por isso eu fui ficando, mordomia interrompida só na pandemia.

Hoje, às 11h horas em ponto, estava de volta.

Dei um abraço apertado na Mauricélia. Ela parecia triste.

— Que foi, Mau?

— Seu Tom, pegaram sua sala. Um careca, chato pra caramba. Pede café toda hora e nunca agradece.

— Cê tá falando sério?

— Sim. Mas desconfio que ele também não é cliente. Outro dia ele deixou cair um cartão do Santander.

— Não é cliente? Que cara de pau.

— Por que você não desmascara ele, Seu Tom?

Foi o que eu fiz. Fui até lá e bati na porta.

O cara fez cara de zangado. Me apresentei:

— Bom dia. Sou o gerente Cardoso.

— Bom dia.

— O senhor é cliente da agência?

— Não sou, mas tô querendo ser.

— Para usar essa sala o senhor tem que investir dois milhões em renda fixa. E mais 500 mil no RFGCS Plus Personal Style Banker (inventei essa porra na hora).

Acho que o careca não vem amanhã não.

Mauricélia ficou tão feliz que vai adiantar a língua de gato.

38 Missão, visão e valores

Tô no Shopping Iguatemi, a Meca dos Coxinhas.

Os homens aqui andam uniformizados, todos com gel na chapeleta e colete salva-vidas azul-chumbo.

Deselegância discreta ô caralho.

A crise tá tão braba que as lojas estão disputando até clientes não potenciais como eu.

Fui arrastado para dentro de um troço chamado "Espaço Alpha".

— Senhor, vamos cuidar da imagem?

— Você é publicitário?

— Não, sou o Jonas, gerente.

— O que é isso aqui?

— É uma barbearia premium.

— Humm.

— Olha como está a barba do senhor.

— Como assim?

— Está desalinhada. Cheio de buraquinho na sua bochecha.

— Tenho uma preguiça da porra de fazer a barba.

— Aqui você não precisa fazer nada. Vamos cuidar do senhor.

— Mas…

— O senhor conhece nossa missão, visão e valores?

— Missão, visão e valores? Isso aqui não é uma barbearia?

— Veja nossa carta, senhor.

— Carta?

— Temos várias opções. Essa aqui é a barba-executivo. Vai ficar show, hein?

— É, tô vendo aqui a "carta" de barbas. Barba-Christian Bale?

— É uma das que mais saem. Mas não vai ficar bem no senhor.

— Por que?

— É preciso ter lábios mais finos.

— Gostei dessa aqui.

— Ah, a Lumberjack, a lenhador. Essa é top, mas também não é seu perfil.

— Não é meu perfil?

— Não. Sua cabeça é grande. Vai ficar muito over.

— E qual você indica, afinal?

— O senhor combina mais com barba undercut.

— Será?

— Sim, vai ficar bom. Pode confiar. Mas antes o senhor vai ter que limpar as células mortas.

— Células mortas?

— Sim, remover as células mortas ajuda a evitar que os folículos capilares inflamem durante o crescimento da barba.

— E como se faz isso?

— Simples. Usando um pouco de Recharge After Shave.

— O que é isso?

— É um creme que usa a tecnologia Long Last Release.

— E?

— É uma fórmula exclusiva com ativos biofuncionais.

— Quanto custa esse creme?

— R$143.

— E para fazer a barba?

— R$119. E o senhor ainda tem direito de ficar meia hora no nosso lounge após a hidratação. E pode baixar a trilha no seu Spotify.

Alguma coisa acontece no meu coração...

Que só quando cruzo o Ráscal com o Café Santo Grão...

39 Jamelão e o meia foda

— Quer passar o domingo com a família em SP? Só se você conseguir entrevistar o Jamelão.

Era o meu chefe, Tárik de Souza, fazendo chantagem, deixando claro que eu só poderia voltar para o Rio na terça se conseguisse uma exclusiva com o célebre sambista da Mangueira – ele faria um show no Bar Brahma, no sábado à noite.

Desembarquei em São Paulo. Antes, havia ligado para uma amiga minha, especializada em samba, para pegar algumas dicas. Já comecei a achar que a parada seria dura:

— Cara, pode esquecer. Você não conhece a figura.

— Como assim?

— Ele é o sujeito mais mal-humorado da história da música brasileira. Humor que só piorou com o passar dos anos.

— E quantos anos ele tem?

— 93.

— Puts.

— Desiste, Tom. Não perca seu tempo.

— Vou tentar pelo menos.

— Ah, e você precisa seguir algumas regras se quiser pelo menos se aproximar dele.

— Quais?

1) Nada de foto.

2) Nada de gravador.

3) Não o chame, de jeito nenhum, de "puxador" de samba.

— Por quê?

— Ele vai dizer que puxador de fumo é sua mãe.

Achei que a minha amiga estava exagerando um pouco e fui para o Brahma com a certeza que passaria a segunda coçando o saco em São Paulo, com a família e os meus cachorros.

Cheguei cedo e fiquei em uma mesa a um metro e meio do Jamelão. O show começou. Pude sentir de perto o humor de cão sarnento do homem, que fazia careta toda hora que recebia um bilhetinho de alguma velhinha com sugestões de músicas para ele cantar. Ele olhava, amassava o papel, jogava no chão e grunhia.

Tinha quase cem anos, mas parecia o primo do Tony Tornado. Forte pra caralho. Vi os elásticos enrolados na mão esquerda – mania herdada dos tempos de boxer. Falei baixinho, para mim mesmo: "Tô fudido".

O show acabou. Pedi para o produtor para ir ao camarim. Ele estranhou:

— Você quer uma foto com o Jamelão? Ele não tira foto nem com a filha dele.

— Não. Eu sou jornalista.

— Piorou. Se souber que eu deixei um jornalista entrar lá, ele não canta mais aqui.

Problema do produtor. Deixei a casa esvaziar e fui até o camarim. Abri a porta bem devagarinho...

Ele estava sentado, com o chapéu na perna direita, enxugando o suor da testa. Parecia ainda mais um boxeador, retomando o fôlego para o próximo direto. E eu ali, o peso-mosca da história, sem saber o que dizer.

— Seu Jamelão...

— Quem é você?

— Tom Cardoso, jornalista, muito prazer.

— Por que devo sentir prazer com sua presença?

— Pois é...

— O que você quer aqui? Entrevista?

— Sim.

— 20 mil reais.

— Eu nunca paguei para fazer uma entrevista.

— Sempre tem a primeira vez. Tem a grana?

— Não.

— Então dá o fora!

Fui embora puto. Encontrei com o produtor do Brahma de novo, que riu da minha história, mas me deu uma esperança:

— Ele está cansado. Fica sempre assim depois dos shows. Por que você não passa no hotel dele amanhã por volta das onze horas? Ele toma café no quarto. Espera ele comer primeiro e bate na porta.

Acordei cedo no domingo. O hotel ficava no centro de São Paulo, perto do Brahma. Era um muquifo. Comecei a entender um pouco o Jamelão, uma das maiores vozes da história do samba, o maior intérprete de Lupicínio Rodrigues, jogado em um hotel fedorento.

O produtor do Brahma já tinha passado o número do quarto. Era só subir as escadas até o terceiro andar e bater na porta. E rezar. Foi o que eu fiz:

— Seu Jamelão, o senhor está aí? – gritei, colocando a orelha na porta.

Nada.

— Seu Jamelão?

Bati na porta de novo. Nada. Dei mais três batidas. A última com força. Ouvi o barulho de uma cadeira sendo arrastada para trás.

A porta se abriu. Era o Jamelão, bufando, com um pão na boca, cuspindo as migalhas, que passaram por cima da minha cabeça – minha testa batia na altura do seu peito.

— Você de novo?

— Pois é...

— Vai deixar eu tomar meu café em paz ou vou ter que jogar você pela janela, seu meia foda do caralho?

Voltei para o Rio na segunda de manhã.

40 Tem, mas tá faltando

Em Salvador, gentileza é senhora.

Mas é preciso entendê-la.

De preferência, com um manual em mãos.

O "não" vem sempre no final.

— Vocês trabalham como reserva?

— Trabalhamos com reserva, não.

— Tem lugar disponível?

— Nesse exato momento tem lugar disponível, não.

Às vezes, dependendo do tamanho da frase, é sofrido esse suspense soteropolitano.

Quando o baiano começa uma frase com "pronto", não se iluda: não está pronto. E vai demorar.

— É da recepção? Caiu o sinal da internet aqui no quarto.

— Pronto, vou mandar um técnico.

Quando o baiano diz que "tem", também não comemore: ele pode não ter.

— Tem aspirina?

— Tem, mas tá faltando.

Aqui também tem a "hora" e a "hora de relógio".

Se você não se ligar na diferença, vai ficar esperando.

— Que horas te encontro lá no Taperia?

— Daqui a uma hora.

— De relógio?

— Não, daqui a uma hora.

Calcule três horas e meia mais ou menos. E entre no banho.

Outra coisa: você pode ser do exército russo, chefe da Al Qaeda ou da milícia em Rio das Pedras, se você chegar em Salvador só com notas de 50, fatalmente vai morrer de fome e de sede.

O troco, chamado de "miúdo", é mais valorizado que cigarro na cadeia.

— Quero uma água de coco, dois picolés capelinha, duas cadeiras e um guarda-sol e duas cervejas Quanto dá?

— Pronto, 43 reais.

— Tem troco para 50?

— Tem troco para 50, não.

— Poxa, não tem mesmo troco?

— Tem, mas tá faltando.

— Vai demorar para ter?

— Daqui duas horas tem, sim.

— Duas horas de relógio?

41 Mistérios da Meia-Noite

Caso PC Farias?

O. J. Simpson, culpado ou inocente?

Ronnie Von é gay ou não é?

Que nada. Nenhum outro mistério me intriga mais que o caso Joyce Hasselmann.

Um misto de curiosidade e inveja.

O quarto dela vira uma cena de um filme do Tarantino e o marido, no cômodo ao lado, continuou dormindo como um urso.

Aqui em casa, basta eu soltar um compreensível peido noturno para Júlia, minha filha adolescente, mandar um WhatsApp me chamando de heterotop nojento.

42 cozinha muito afetiva

Tô no sofá, lendo jornal na posição Bronco, quando recebo a ligação de uma amiga. Conheço a Soraia há 25 anos. Ela é ligada em tudo, em todas as tendências.

Foi com ela que experimentei meu primeiro açaí, no começo dos anos 90, que até então, por conta de seus adeptos, eu achava que era um mingau à base de anabolizante.

A Soraia quem me levou para ver o primeiro filme do Gael Garcia Bernal, para assistir ao show do Criolo (eu dormi e ela ficou puta), para comer o primeiro Ceviche.

Ela diz que eu preciso me atualizar, por causa da minha profissão. Deixa ela saber que o meu pai, também jornalista, escreve até hoje em um computador de tubo e usa pochete. E Neutrox.

Mas eu gosto da Soraia. Os programas são sempre meio chatos, mas ela é legal pra caralho. Hoje ela quer me levar para comer em um restaurante de comida afetiva.

— Que porra é essa?

— É muito legal, Tom. É a comida que não está nos cardápios.

— E está onde?

— Nos livros de receitas antigos.

— E?

— São chefs que usam os cadernos de receitas de seus avós, bisavós.

— Humm. Vamos almoçar bolinho de chuva, é isso?

— Deixa de ser reclamão, Tom. Então, vamos no GRATIDÃO?

— Gratidão?

— É um novo restaurante de comida afetiva na Rua dos Pinheiros.

— Sei não, morro de medo dessa rua. Lá tem um restaurante baiano que serve moqueca sem dendê. O que se come no Gratidão?

— Então, eu não sei bem. As receitas são da bisavó da chef e estão guardadas em um caderninho escrito em aramaico. Não é o máximo?

— Não é melhor a gente almoçar em um quilo antes?

— Credo, Tom! Como você é chato! Vamos, é um programa diferente.

— Tá bom, vai.

— Ah, tem uma coisa, Tom.

— O que?

— O menu degustação é 190 por pessoa.

Gratiluz, Soraia.

43 Diálogos acadêmicos 3

— Vai fazer perna, braço, ombro ou peito?

— Peito.

— Cara, tem um amigo meu que trabalha na Polícia Federal.

— É o japonês?

— Não, é o Nando. Ele estava no dia em que prenderam o Lula.

— Foi lá no apê dele?

— Sim.

— E aí, muito luxo?

— Até que não. Se bem que o terraço gourmet é show. Top.

— Eles revistaram o apartamento?

— Então, é isso que eu quero contar. Mas não pode sair daqui, ok?

— Tá bom.

— Eles revistaram o apê do Brahma todinho. Acharam um cofre camuflado no closet da Dona Marisa.

— Sério. Mandaram abrir?

— Lógico.

— E o que tinha lá?

— Véio, você não vai acreditar.

— Fala!

— O dedo do Lula.

— Como assim?

— O dedo que ele cortou na fábrica de propósito para ganhar aposentadoria.

— Sério?

— Sim. Tava em um formol.

— Mas por que ele guarda o dedo?

— Ah, sei lá. Esse meu amigo disse que o Brahma pretende reimplantá-lo um dia.

— E como a imprensa não ficou sabendo dessa história?

— Aí que está. Parece que o Brahma pagou 3 milhões de dólares para o diretor da PF. O Nando recebeu o dele também. Não é para sair por aí contando, hein.

— Não, pode deixar. Quer dizer que o dedo estava em um vidro com formol?

— É. Surreal, né?

— Que nojo.

44 O meu acima de tudo

Enquanto isso, no WhatsApp da família:

Dudu Bananinha: "Michele, por que você deixou de seguir meu pai no Instagram? Aposto que tem o dedo daquele bombeiro de Ribeirão.

Michele: Dedo, aliás, que é maior que seu pau. Me respeite, moleque!

Flávio: Sua vagabunda! Vou pedir para o Queiroz sustar todos os cheques.

Michele: Faça isso que eu ligo hoje para o Datena. Não vai sobrar ninguém!

Carluxo: Calma, Mi. Nesse momento temos que estar unidos. Eu vou entrar na página do papai e te seguir de novo. E você faz o mesmo. Vamos soltar uma nota dizendo que tudo não passou de um ataque de um hacker comunista.

Michele: O que eu ganho com isso?

Carluxo: Dois milhões tá bom? Mando hoje as malas.

Michele: O que você está achando que eu sou? Uma prostituta barata? Não sou a Carla Zambelli não, meu filho.

Carluxo: Cinco milhões?

Michele: Quero dez.

Carluxo. Ok. Vou postar essa foto aqui. De vocês dois na Flórida.

Jair Renan: Epa! Peraí. E aquela grana para a minha franquia do clube de tiro no Paraná? Eu pedi primeiro!

Flávio: Seu bostinha, não é hora para isso. Vai tomar seu toddy, vai.

Jair Renan: Tomar no cu, miliciano. Você vai ser o primeiro a se fuder.

Laura: Gente! Vamos respeitar o momento de dor do papai. Papai, você tá aí? Fala com a gente. Não consigo falar com você desde ontem.

Flávio: Pai, você taí? Tá tudo bem?

Dudu: Pai, dá só um alô. Estamos preocupados.

Laura: Por favor, papai. Nós te amamos muito.

Carluxo: Pai, não assuste a gente. Aperta qualquer tecla aí. Sabe mandar o coraçãozinho?

45 Família com problemas de internet

Toda vez que o wi-fi falha e o videogame trava, André, meu filho, dá um berro da sala.

Julia, a adolescente da família, que mora dentro do celular, passa o dia bufando, reclamando pelo fato de ter nascido em uma família com problemas de internet.

No sábado, ela trouxe as amigas para ver um filme aqui em casa.

A luz acabou.

Eu adoro quando isso acontece. Esquento a água no fogão, a coloco em dois baldes e fico me banhando, como naqueles filmes de faroeste da Bandeirantes. É lindo, uma volta ao útero materno.

E também aproveito para colocar a leitura em dia.

Mas Julia e as amigas entraram em desespero.

A Sofia ligou a lanterna do celular e apontou para minha cara.

— E aí, tio, não vai tomar uma providência?

Liguei para Eletropaulo. Previsão: duas da manhã. Eram sete e meia.

Peguei uma vela. E um livro. Fiquei pingando a cera em um pires.

As seis meninas me olharam, em um misto de perplexidade e tédio.

Julia, bufou:

— É, e daqui a pouco ele vai tomar banho de caneca.

46 Caravaggio!

Eu faço muita entrevista com novo rico. É sempre edificante notar o esforço que a pessoa faz para ser aceita por seus novos pares, quase sempre quatrocentões falidos, mas com brasão e título no Paulistano.

Aliás, conheci um fazendeiro, ex-boia-fria em Sinop, que jogava polo aquático com uma boia escondida debaixo da camiseta. É dura a vida do emergente.

Antes da pandemia, fui fazer uma entrevista com o dono da terceira produtora de frango do Paraná.

Um sujeito muito afável, boa praça, que estava feliz por ter comprado um apartamento de 900 metros quadrados em um desses condomínios de luxo, margeados pelo aromático Rio Pinheiros, construídos para que as crianças passem a infância e adolescência lá dentro.

Foram três horas de papo. No fim, já éramos íntimos.

Ele pediu para eu definir em uma só frase o que eu achava da decoração de sua sala.

Fiquei cinco minutos observando os sofás de zebra, os lustres vitorianos, o imenso tapete vermelho (uma réplica do de Cannes).

Passei a olhar para parede, essa mais aprazível: belíssimas reproduções de Caravaggio, Monet e Renoir.

— É para resumir em uma só frase o que eu achei de tudo isso?

— Sim, diga, Tom. Estou curioso.

Sou um cara legal, mas sofro de sincericídio:

— Um Louvre com curadoria do Zezé Di Camargo.

Maior presidente da história do Brasil, boa tarde!

47 Veneza não tem pesqueiro

— Fala Mário Frias! Tá bom aí na Itália?

— Tá show, presidente.

— Qual o nome da cidade mesmo? É uma toda montada em cima do mar, né?

— Veneza, presidente. Sim, água para tudo que é lado.

— Tem pesqueiro?

— Até agora não achei.

— Já andou de jet sky?

— Não. A gente se locomove em gôndolas.

— O que é isso?

— É um tipo de canoa. Vai um cara remando. Ele canta umas óperas. É top, presidente.

— Não vai se apaixonar pelo remador, hein. Aí nem precisa voltar kkkk

— Kkkkkkk. Agora falando sério, presidente.

— Pode falar.

— Morreu hoje um arquiteto brasileiro, um tal de Paulo Mendes da Rocha.

— E daí?

— Daí que eu tô na Bienal de Arquitetura. Vão pegar no meu pé se eu não emitir uma nota de pesar. Já me encheram o saco por eu não saber quem é aquela tal de Lina Bobagem.

— Esse cara aí é importante?

— Mandei minha equipe aqui pesquisar no Google. Parece que ele ganhou o Prêmio Pulitzer, que é o Nobel da Arquitetura.

— É canhota?

— Então, presidente. Tô aqui com a Wikipedia dele. Diz que o sujeito participou da V Bienal de Arquitetura de Havana, em 1994.

— Porra, secretário, você quer me fuder? Emitir nota de pesar para comunista?

— Desculpe, presidente desculpe. Por isso eu liguei.

— Relaxa, porra, o que tem para fazer ai?

— A gente vai daqui a pouco dar pão para as pombas em uma praça bacana que tem aqui.

— Faz o que quiser, mas só me liga quando for algo importante, talkey?

— Sim, Mito.

48 Escola da vida

Sobre essa questão a discussão aqui em casa é eterna:
Qual colégio escolher para os filhos?

De um lado, eu, cinco reprovações, quatro expulsões, 243 recuperações, 15 anos de ensino público, dez de escola de bicho grilo – sei até hoje plantar um rabanete.

Do outro, minha ex-mulher, herdeira de uma rede de carpetes, 15 anos de Dante Alighieri, aluna exemplar, daquelas que sentam na primeira fila e completam com grande alegria a frase iniciada pela professor:

"O Reino de Portugal e o recém-formado Reino da Espanha assinaram em 1494 o Tratado de Tor-de-si...

— Lhas!!!!!!

"A Floresta Ombrófila Mista é também chamada de Mata das Arau...— Cárias!!!!

Como meu histórico escolar nunca me permitiu argumentar de igual para igual com minha ex (muito menos minha conta bancária) minha filha mais velha foi estudar em uma escola tradicional, de origem alemã.

Lá é obrigatório chamar a professora de Dona e o professor pelo sobrenome inteiro. O professor de educação física, de vinte e poucos anos, chama-se Carlos Bandeira Nogueira Salles de Albuquerque.

Outro dia, estava em casa, trabalhando de cueca no sofá, como de costume, e o telefone tocou:

— Boa tarde. Com quem eu falo?

— Tom Cardoso.

— Senhor Cardoso, sou Fátima Nogueira Lins de Assis (devem ser tudo da mesma árvore), médica-chefe do posto de saúde. Estou com Julia Cardoso aqui ao meu lado.

Dei um pulo do sofá.

— O que aconteceu?

— Fique calmo, senhor. A Julia Cardoso estava correndo, perdeu o equilíbrio e caiu no chão. Esse impacto fez com que ela sofresse um pequeno ferimento no joelho.

— E por que a senhora ligou? Será que ela quebrou alguma coisa? Está se queixando de dor?

— Não. Estou ligando para avisar que vamos fazer um curativo e que depois disso ela voltará para sala de aula. Ficará em observação, mas ela está muito bem.

— Humm.

— Alguma recomendação, senhor?

Não resisti:

— A senhora já fez o curativo?

— Não, ainda não.

— Pensa em usar algum esterilizante?

— Um pouco de álcool.

— Humm. Posso fazer um pedido para a senhora?

— Sim, claro, senhor.

— Quando passar o álcool, a senhora pode assoprar para evitar que o contato do produto com o ferimento provoque ardência?

— Sim, farei isso.

— Mas não assopre com muita força. Bactérias expelidas pela senhora podem parar no ferimento da minha filha.

— Ah, sim.

— Posso falar com minha filha?

— Vou passar o telefone para ela. Boa tarde, senhor.

— Boa tarde. Muito obrigado.

— Oi, filha, tudo bem? Vai sobreviver?

— Pai, o que você disse para a médica? Ela ficou vermelha.

— Filha, depois me conta como foi a intensidade do assopro? Preciso saber.

— Do que você está falando, pai, surtou?

— Você saberá. Beijos, boa aula.

49 O Texas da Zona Oeste

Tô na fila do banco, pensando se pago a conta de luz ou de gás, quando vejo José Genoino passando pela porta giratória.

Sou um sujeito impulsivo:

— Grande Genoino! – gritei, abrindo os braços em sua direção.

Esqueci que ele, há tempos, não curte muito ser notado.

Estraguei tudo.

— Genoino Petrolão!

— Fora, Comunista!

— Vai pra Cuba e leva o chefe da quadrilha!

Falei para as pessoas se acalmarem e quando me virei o Genoino tinha evaporado.

Para um cara que ficou durante um tempão no Araguaia, deve ser moleza encontrar saídas estratégicas até mesmo na acanhada agência do Banco do Brasil do Jardim Bonfiglioli.

A agência toda olhava para mim, indignada com o cara que havia dado um abraço fraternal em um comedor de criancinhas.

Passei a ser xingando de tudo quanto é nome. A vida não é fácil no Texas da Zona Oeste.

Sentei. Olhei para minha senha. Setenta e oito pessoas na minha frente.

Fechei os olhos. Fingi que estava dormindo. E acabei pegando no sono mesmo.

Acordei com alguém me cutucando. Era uma senhora. Ela ergueu meu braço esquerdo e deu um grito que ecoou por toda a agência:

— Eu tenho orgulho desse jovem aqui. Ele respeita a história de José Genoino e do maior partido do Brasil. E quer saber de uma coisa, seus bolsominions de merda, seus milicianos: estamos prontos para a luta armada!

Nem sei como achei a saída de emergência do Genoino.

Amanhã vou ficar sem luz e sem banho quente.

50 O pulso ainda pulsa

Quem me conhece sabe do meu nível de hipocondria. Se você começar a descrever a doença da sua tia-avó, eu passo imediatamente a sentir os mesmos sintomas.

Isso vale para qualquer tipo de enfermidade, coqueluche a cisticercose, de encefalite a difteria.

Aliás, basta eu começar a cantar aquela música do Titãs, escrita pelo Arnaldo Antunes, para eu sentir os sintomas de todas as doenças citadas.

Sinto os sintomas até de doenças que não existem mais . Ano passado passei duas semanas sofrendo de peste bubônica.

De modo que tenho a mais absoluta certeza de que contrai o novo coronavírus.

Disse isso ao vizinho, que encontrei no elevador. Nunca mais o vi.

Os sintomas logo apareceram.

Passei a não sentir mais o cheiro do coco do André, algo que eu achava impossível de acontecer um dia.

Minha febre bateu os 40 graus.

Tava tossindo mais que vaca com aftosa.

E respirando nível Sid Vicious.

Até que a Geni chegou.

Ela me conhece há 20 anos.

Vendo meu estado, gritou da cozinha:

— Artrose!

Desde então, nada de sintomas da Covid, mas já coloquei a bolsa de gelo no joelho.

Dor da porra.

51 Hihihihihihihihihi

Geni, a diarista que não faz café para qualquer um – e que nunca ficou no vermelho – não se assustou ao saber que minha dívida no banco chegara aos seis dígitos.

— Eu já sabia. O senhor ri com kkk. Conheço esse tipo de longe.

Não entendi nada.

Ela explicou:

— Gente que ri com kkk costuma gastar mais do que ganha, além de escolher aplicações mais arriscadas.

— Que maluquice é essa?

— É sério. Pode reparar. Além de você, quem é outro gastador da família?

— O meu primo Joca. E ele costuma aplicar quase tudo que ganha na bolsa.

— Então ele deve rir com kkk. E se usar mais de três kkk, gosta de correr mais risco ainda.

Fui conferir. Entrei no whats do Joca e dei uma olhada nas nossas últimas conversas. Gelei: toda vez que a gente conversava algo engraçado, ele usava kkk.

— Geni, sua doida, não é possível.

— Tô falando.

— E você, que é austera, ri como?

— Com hehehe.

— É mesmo?

— Sim, quem gasta só o que ganha e faz aplicações conscientes, ri com hehehe.

— Ah, vá.

— Pode checar.

Foi a vez de olhar meu papo com minha tia Vera, há mais de 20 anos aplicando no Tesouro Direto. Comecei a ficar com medo: achei 14 hehehe na nossa conversa.

Fui anotando tudo.

— Geni, e quem ri com hihihihi?

— Costuma ser mais medroso, conservador. Aplica na poupança.

— E com usushashausua?

— Renda fixa.

— E com hahahahaha?

— Ouro.

— E com "risos"?

— Dólar.

— E com emoji?

— LCA.

— LCA?

— Letras de Créditos do Agronegócio.

Conferi e bateu tudo. Geni seria uma bruxa ou um novo gênio da neurolinguística?

— E quem recebe 89 mil em cheques de um miliciano?

— Essa, se Deus quiser, não vai rir por um bom tempo, só chorar.

— kkkkkkkkkkkkkkkkkkkkkkkkkkkkkk

52 Janela indiscreta

Entro no avião. Poltrona 2C, corredor. Na 2A, na janela, um baixinho, careca, com a cara do Danny DeVito. No meio uma loira, lindíssima, de vestido até os pés, dona de uma beleza e elegância que me fizeram lembrar na hora de Grace Kelly em "Janela Indiscreta"

O meu primeiro impulso ao vê-la foi me oferecer para sentar no meio, evitando que ela dividisse o encosto da poltrona com o braço peludo e ensebado do careca.

Mas o DeVito se mostrou ainda mais oportunista do que eu:

— Quer sentar na janela?

— Ah, que gentil. Obrigada.

Eu tive que me levantar para que a troca fosse feita. Ela se acomodou, cruzando as pernas lentamente, enquanto o braço do DeVito ocupava 95% do nosso encosto compartilhado, acabando com minha viagem.

Nada me irrita mais do que não poder apoiar o braço durante um voo. Para quem gosta de ler, como eu, é um tormento – a falta de apoio compromete toda as articulações do corpo. Sinto dor até no calcanhar.

Enquanto tentava ao menos apoiar meu cotovelo, evitando gestos bruscos – é fundamental demonstrar que não faz a mínima questão do encosto, sob o risco do seu vizinho perceber sua angústia e aí sim começar a dificultar a tomada de território, o DeVito puxou conversa.

— De onde você? Pela beleza, já sei.

Tava demorando. Todo cavalheiro de ocasião é, no fundo, um canalha.

— Se você já sabe, por que tá perguntando?

Linda e rápida, a Grace.

— Você é gaúcha, né?

— Não.

— Ah, você é catarinense?

— Não.

— De Curitiba?

— Não.

— De onde você é?

— Sou do Rio.

— Eu também! Da Zona Sul?

— Não.

— Ah, você mora na Barra.

— Eu não.

— De onde você é?

— Zona Norte.

— Da Tijuca?

— Não.

— Ah, já sei: do Méier. Minha tia é de lá.

— Também não. Você é ruim de adivinhar né?

— Kkk Hoje eu tô.

— Eu sou boa. Quer ver eu adivinhar na primeira qual sua atividade?

— Quero!

— Você é do IBGE. Só pode. Se não é, não perca tempo: você nasceu para isso.

Eu ri tão alto que a comissária, já sentada para decolagem, esticou o pescoço olhando para o corredor, assustada.

O DeVito, coitado, se afundou na poltrona, constrangido, e eu aproveitei para tomar todo o território.

Aposto que ela é de Irajá.

53 Elas existem sim

Outro dia um amigo, também descrente, me chamou de canto.

— Tom, sabe aquela lance de quando você morre e passa um filme da sua vida na cabeça?

— Você me dizendo essas coisas? Que papo é esse?

— É, eu achava também que era a maior baboseira. Até quase morrer.

— É, você enfartou mês passado, né?

— Sim. E um filme passou na minha cabeça.

— Eram os remédios.

— Sei lá o que era. Mas o filme rolou.

— Quem era o diretor? Fellini, Monicelli? Elia Kazan?

— Tô falando sério, Tom. É impressionante.

— Sei não…

— Experimente quase morrer para você ver…

Não dei bola. Todo cara que quase morre fica meio místico.

Uma vez, no Rio, ao comer um polvo com batata e arroz de brócolis no Belmonte, tomar seis chopes e três caipirinhas, sai do boteco completamente de porre, quase vomitando. O hotel ficava a mais ou menos quatro quadras. Achei de bom-tom, para chegar logo, usar aquele patinete cor de abacate, o mesmo que os executivos de terno usam na hora do almoço na Faria Lima para se sentirem livres e descolados.

Acelerei vinte metros, o suficiente para cair e bater a cabeça naquelas bolas de concreto que a prefeitura do Rio inventou, sem sucesso, para evitar que os motoristas cariocas estacionem na calçada.

A batida foi forte. Tive a certeza de que estava morrendo.

Lembrei na hora de meu amigo.

Fiquei esperando o filme começar.

Dez segundos e nada.

Até que ouvi uma vozinha, seguida de uma imagem de minha avó Luiza, na casa de Pinheiros, mexendo o sagu. Sentado na cadeira da cozinha, meu irmão gêmeo, remelento, brincando com um playmobil.

Tomado de pânico, levantei, ignorei a tontura e corri em direção ao hotel. Entrei no banho, liguei o chuveiro e rezei o pai-nosso baixinho, para ninguém ouvir.

Quem é ateu, vive sustos como eu…

54 Pau mole, vida dura

Os Tribalistas voltaram. O que me faz lembrar, de novo, da mais longa e sofrida entrevista que fiz na vida, nos meus 30 anos de profissão.

O ano é 1996. Fui a Salvador, pelo Estadão, entrevistar Carlinhos Brown, na época fazendo sucesso com a Timbalada.

Cheguei no Candeal na hora combinada com a assessoria: 11 da manhã.

Carlinhos já estava lá, em pé, cercado por 15 jornalistas. Todos baianos.

Fiquei sabendo que ele daria uma coletiva para a imprensa local e depois falaria, separadamente, com os quatro jornalistas da "grande imprensa": Antônio Carlos Miguel (O Globo), Silvio Essinger (Jornal do Brasil), Pedro Alexandre Sanches (Folha de S. Paulo) e o foca aqui.

Duas da tarde. Carlinhos ainda estava de pé, na mesma posição, cercado pelas mesmas pessoas. Estava morrendo de fome e fui até lá pegar um pouco de amendoim. Ouvi um trecho da entrevista:

(...) contemporâneos por terem trazido ao mundo, ou melhor, por fazerem renascer, a intuição da força que nós chamamos de Axé...

Três da tarde. Fui pegar mais um pouco de suco de cajá.

(...) A colonização portuguesa também nos trouxe uma doçura, uma força bruta do querer lusitano, do fado enfadado.

Fado enfadado? Putaqueopariu.

Quatro da tarde. Fim da coletiva.

A assessora vira para o quarteto do Sudeste e diz:

"Carlinhos vai dar uma palavrinha com o pessoal do Correio Nagô".

Seis da tarde. É noite no Candeal.

"Pronto. Carlinhos agora vai conversar com cada um. Quem será o primeiro?"

Foi minha a sugestão mais sensata da noite, acatada pelos outros três jornalistas: vamos fazer todos a mesma entrevista. Uma minicoletiva.

"Não, Carlinhos quer falar separadamente com cada um de vocês. Quem começa?

Agora a sugestão foi de Antonio Carlos Miguel, decano do jornalismo cultural:

"Eu sugiro que os mais velhos tenham preferência".

Eu tinha 23, era o caçula do quarteto.

Nove da noite. Fim do papo com o Miguel.

Carlinhos sai da sala e vem em nossa direção.

"Tô com fome. Bora na Dadá".

Lá fomos para o restaurante da Dadá, em Pau Miúdo, no outro lado da cidade.

Entramos todos no Jipe de Carlinhos.

Ali mesmo, no banco da frente, Pedro Alexandre Sanches, cabelo ao vento, nascido dois anos antes, começou a entrevista.

"A baianidade vem do dispor, vem do otimismo por excelência, vem do amar, da sotorepolidade"

Sotorepolidade? Fudeu.

Dez da noite. Chegamos na Dadá.

Carlinhos pediu duas moquecas de siri mole.

Era ainda com Pedro que ele conversava.

> *"Não existe malemolência. Existe um querer. Existe uma possibilidade de saber, que não vem da existência propriamente dita e sim da vontade de se afirmar como negro..."*

Meia noite.

> *"Querem conversar lá em casa"?*

E fomos lá eu e Silvio Essinger, nascido em 1971 (feladaputa), para casa de Carlinhos, no Rio Vermelho.

Duas e meia da manhã. Carlinhos desce correndo as escadas.

Tudo certo aí, meu rei? Não demora, viu? Você será o último, mas em compensação vou lhe dar a entrevista da sua vida.

Era o que eu temia.

Carlinhos é assim, um pesadelo para mim.

55 STILNOX 10 MG

Na frente do meu prédio mora um alcoólatra, daquele tipo de cara que muda completamente a personalidade quando bebe. Quando está sóbrio é o sujeito mais gentil do mundo. Quando tá mamado, vira um Olavo de Carvalho.

De manhã, raramente está bêbado – o que já é, imagino, uma vantagem para alguém que bebe todo dia, porque lhe permite fazer as coisas que precisa fazer – ir ao mercado, à feira, pagar as contas, cuidar do cachorro, um vira-lata adorável, como são todos eles.

Como ando também muito pelo bairro, sempre o encontro. Ele me chama de "Sr. Cardoso". Está sempre asseado – muito mais limpo do que eu, um abstêmio que raramente toma banho pela manhã.

Um dia, pela janela do prédio, já de madrugada, vi o quanto ele penou para ir do bar da rua de cima até a portão de casa.

No caminho, caiu pelo menos três vezes no chão e nos últimos cem metros, cansado, começou a se arrastar como um vietcongue.

Eu tive que descer para ajudá-lo. Ele olhou para mim (quando está mamado dispensa o "Sr. Cardoso") e deu uma explicação que eu achei bem razoável.

— Tomei oito corotes de pêssego. Você quer o que? Que eu fique de pé e ande?

Invejo a capacidade de recuperação do cara. No dia seguinte, oito da manhã, já dentro do Uber, morto de sono, olho pela janela e vejo meu etílico vizinho no bar, jogando xadrez com um tiozinho do bairro, ambos concentradíssimos.

Não estou falando em palitinho, dama ou dominó. Xadrez, porra.

É claro que ter um vizinho alcoólatra, que mora exatamente de frente para você, não é algo tão lúdico assim.

Principalmente por conta do seu gosto musical. Toda noite, religiosamente, ao chegar bêbado, ele liga o som – no máximo – e transforma o pacato bairro do Jardim Bonfiglioli em uma filial do inferno.

Não, ele não ouve Zezé Di Camargo, Thiaguinho e Luan Santana.

É muito pior do que isso.

Ele é um fanático adorador dos mais genuínos representantes de um gênero chamado Death Metal.

Mano Brown, se você não sabe como é caminhar com a cabeça na mira de uma HK, não faz ideia como é dormir ao som de Cannibal Corpse, Suffocation e Kataklysm.

Eu só consigo com Stilnox 10 MG (aliás, um ótimo nome para uma banda de death metal).

Meu fígado começou a definhar. Eu precisava fazer alguma coisa.

Bêbado nunca fecha porta de casa.

Em uma manhã, enquanto ele pensava se devia mover o cavalo ou o rei, eu invadi sua casa.

Sei que ele tem um três em um da Gradiente. É um sujeito de hábitos conservadores, que joga xadrez e ouve CD.

E eu também. Na invasão, levei um dos meus CDs favoritos, "O Mito" (quando o epíteto era usado de forma justa e coerente), a coletânea de João Gilberto com seus três primeiros e geniais discos.

Apertei o *eject*, joguei o CD do Cannibal Corpse atrás do sofá do cara e coloquei o do João.

Fiquei de plantão na janela esperando o cara voltar. Às duas e meia da manhã ele saiu, com a cachola cheia de Corote.

Ele abriu portão, subiu a escada. Acendeu a luz da sala. E apertou o play.

O som de João cantando "Aos Pés da Cruz" preencheu toda a sacada do cara até entrar pelas frestas de minha janela.

O meu vizinho caminhou tranquilamente pelo terraço e se debruçou nas grades da varanda.

E lá ficou, inerte, até cair no sono.

Eu também dormi como um passarinho.

56 Do além é mais caro

Li que o Centro Espírita de Cachoeiro de Itapemirim cobra R$ 18 mil por carta psicografada de Oscar Niemeyer.

Fui no Google e achei o número de lá.

— Alô, é do Centro Espírita Ulisses Machado?

— Sim.

— É aí que está a carta psicografada do Niemeyer?

— Sim.

— Quanto é?

— R$20 mil.

— Já aumentou?

— Sim. Ele mandou um novo trecho.

— Pode me adiantar o conteúdo?

— Não posso.

— Pelo menos o tema.

— Ele fala de vários assuntos: amor, perseverança, comprometimento…

— Não fala sobre política e arquitetura?

— Não.

— Hummm. E vocês têm aí cartas psicografadas de outras celebridades?

— Muitas. A Elke Maravilha falou com a gente semana passada.

— Jura?

— Sim.

— Quanto é essa?

— R$4.800. Ah, tem uma carta linda do Cristiano Araújo.

— Quem?

— O cantor sertanejo.

— Humm. Qual é a carta mais valiosa do arquivo de vocês?

— Uma do Seu Getúlio.

— Seu Getúlio?

— Getúlio Vargas. Quem psicografou foi o Seu Ulisses, o fundador aqui do Centro. Foi o primeiro depoimento do Seu Getúlio depois do suicídio.

— Que preciosidade! Quanto é essa?

— R$4 milhões.

— Jesus. Qual é a carta psicografada de famoso mais em conta?

— A do professor Olavo de Carvalho.

— Quanto é?

— 120. Parcelamos em três

— E se eu pagar 80 à vista?

— Que tal 100?

— Levo algum brinde?

— Sim, um poema psicografado do ex-prefeito Celso Pitta.

— Fechado. Qual é o pix?

2010. Fim do governo Lula.

Brasil crescendo 7,5%.

Foguetão na The Economist.

Obama pagando pau.

57 Item de fábrica

Meu vizinho de vaga na garagem comprou dois Tucsons de uma vez só, um verde abacate e outro amarelo creme.

Como os carros eram enormes, para duas vagas minúsculas, eu não conseguia abrir a porta do meu carro. Passei a descer pelo lado do passageiro.

Ninguém de classe média compra dois Tucsons de uma vez só por prazer ou para guardar "os cooler" da Skol. O barato é causar inveja.

Não deu outra. Uma semana depois, o cara que ficava do meu lado direito da garagem também comprou um Tucson. E com seta no retrovisor.

Conclusão: passei a sair do carro pela porta direita de trás, a única maneira possível.

Aí veio a crise. Depois a pandemia.

O primeiro a sumir da garagem foi o Tucson abacate.

Depois o amarelo creme.

O vizinho da vaga esquerda quebrou. Perdeu o emprego.

Hoje é corretor e anda de ônibus.

O vizinho da vaga da direita também perdeu o emprego.

Mas não vendeu o Tucson com seta no retrovisor.

Trabalha com ele de Uber. E faz carreto aos domingos.

Carreto de SUV. Fico imaginado a alegria da clientela.

A luzinha do retrovisor piscando. Lindo.

Vivo pegando o Uber com esse cara. Claro, ele mora no meu prédio.

Ontem, no caminho, vimos o ex-dono do Tucson abacate, caminhando em direção ao ponto de ônibus da Raposo.

Demos carona.

O cara entrou. E começou a falar da situação do país.

Era o que eu temia.

Avacadadilmaquebrouopaiobolsafamiliapravagabundonossabandeiranuncaseravermelhaavenezuelaquebroululachefedaquadrilha

Avacadadilmaquebrouopaiobolsafamiliapravagabundonossabandeiranuncaseravermelhaavenezuelaquebroululachefedaquadrilha

Avacadadilmaquebrouopaiobolsafamiliapravagabundonossabandeiranuncaseravermelhaavenezuelaquebroululachefedaquadrilha

— É preciso diminuir o tamanho do Estado.

Logo ele, o perdulário, dando aula sobre economia e austeridade fiscal.

Perdeu a frota abacate, mas não a pose.

Não aguentei. Dei um tapa no ombro do vizinho-Uber:

— Que top esse retrovisor, hein. Já veio com pisca?

— Sim. Item de fábrica.

Silêncio.

58 Não, Não e Não

— Julia, bora ver o jogo do Corinthians junto?

— Não.

— Julia, me empresta seu carregador?

— Não.

— Julia, vou na padaria. Vem comigo?

— Não.

— Julia, vamos ver a segunda temporada de Americans?

— Não.

— Julia, segura a escada para mim?

— Não.

— Julia, olha o André?

— Não.

— Julia, entrou um cisco. Assopra?

— Não.

— Julia, já ouviu The Doors?

— Não.

— Quer ouvir?

— Não.

— Julia, passa o sal?

— Não.

— Julia, puta golaço do Malvadeza. Vem ver.

— Não.

— Julia, aperta o nove?

— Não.

— Julia, acabou o rolo. Pega no banheiro da Geni, por favor?

— Não.

— Filha, por favor. Vai ficar difícil para mim.

— Não.

E pensar que um dia ela me amou. Incondicionalmente.

59 Kung fu de emoções

Aqui no meu bairro tem um restaurante japonês que vive lotado. Depois que a classe média descobriu que é possível passar maionese no sushi, tudo ficou mais palatável.

Colado ao japa, abriu um bar de cerveja artesanal, outra febre que chegou, enfim, à plebe, depois que ela percebeu (demorou pra caralho) que a Bohemia tinha o mesmo gosto da Itaipava. O bar é decorado com um varal cheio de lâmpadas, com mesinhas no terraço. Nada mais caipira que um paulista metido a descolado.

Mas não foi isso que me chamou a atenção e sim a equipe da PM que faz plantão em frente ao japa. Os policiais variam, mas o número é sempre o mesmo: quatro soldados. Trabalham ali, diariamente, da abertura do restaurante até o fechamento. E, claro, não incomodam os fregueses ao lado, que se entopem de cerveja de mate torrado e saem dirigindo seus carros.

Os gambés são pagos, provavelmente, pelo dono do estabelecimento, que tem proteção garantida para ele e para os clientes. É uma prática tão comum, tão milenar, que deu nome à expressão Coxinha, muito antes de ela ter a conotação que hoje conhecemos. Era o nome dado ao policial que trocava a proteção da padaria por alguma iguaria vendida ali.

A vida ficou cara. O policial de hoje não se contenta apenas em encher a pança. Quer seu pixuleco. Normalmente, a quantia paga é negociada com algum oficial, que embolsa a maior parte da grana – o que sobra é repartido entre os soldados, que pelo menos vão para casa já comidos. Semana passada levaram quentinha do japa. Eu vi.

Ontem fui falar com um deles, fingindo ser um comerciante prestes a abrir um restaurante no bairro.

— Boa noite.

— Boa noite.

— Vou abrir um restaurante lá na rua de cima.

— Seja bem-vindo.

— Eu posso contar com o apoio de vocês?

— Sim, manda um whatsApp para o tenente William. Fala que foi o Mixirica que passou. Você trata com ele.

— Obrigado.

— Qual a proposta do seu restaurante?

— Culinária japonesa. Vai se chamar "Um Kung Fu de Emoções".

— Vai ter temaki com cream cheese?

— Sim.

— Positivo. Boa sorte com o tenente.

60 A Volta do Mão de Neném

Estava andando ontem em um shopping com meu filho quando vi pelo menos cem pessoas sentadas - eram mais ou menos dez rodas com crianças e adultos. Pensei que fosse algum tipo de gincana, mas logo percebi que se tratava de uma grande troca de figurinhas do álbum da Copa.

Cutuquei o André e disse:

— É hoje que você completa o álbum.

— Como assim, pai? A gente nem tem figurinha para trocar.

Cheguei perto de um cara e ofereci 20 reais por 30 figurinhas, um valor bem acima do mercado.

O André não estava entendendo porra nenhuma.

— Agora, filho, você vai ver em ação o maior jogador de bafo da história do Butantã.

— Que nojo, pai.

— Nojo?

— Campeonato de bafo? Você tinha que trazer a tia Valquíria Cebola então.

Me liguei que o André não tinha a mínima noção do que era um jogo de bafo. Em 1982, completei o álbum da Copa da Espanha em uma semana, rapelando, graças à minha habilidosa "mão de neném", todos os garotos do bairro. Desde então, nunca mais vi ninguém jogando.

Cheguei perto de uma roda. Quatro adultos e quatro crianças.

— E aí, topam jogar bafo?

— Um dos moleques deu um salto para trás, assustado.

— Calma, filho, é um jogo do passado - disse um careca de Lacoste.

Jogo do passado é foda. Lembrei do meu avô me ensinando a jogar bocha. Tô ficando velho.

— E aí, topam ou não?

O careca deu uma conferida no tamanho da minha mão. Era o mesmo olhar de desdém que eu recebia dos garotos mais velhos, em 1982, subestimando minha habilidade.

— Beleza, vamos jogar. Quanto vamos apostar?

— Que tal 30 figurinhas cada um?

— Tudo isso? Somos oito pessoas aqui.

— Sim, vai dar uma montanha com 240 figurinhas.

— É impossível virar tudo isso.

— Será?

— É óbvio.

Pronto, o careca havia caído na armadilha. Ele provavelmente achava que o primeiro a bater na montanha de figurinhas não conseguiria virar tudo, espalhando vários montes pelo chão, esses sim menores e mais fáceis de virar.

— Posso começar? –sugeri.

— Claro. Senta aqui. Vamos seguir a ordem do relógio.

Olhei para a roda. Como o André estava ao meu lado, e o careca do outro, ele seria o segundo a bater e o filho dele, o terceiro. O André o último.

Cada um colocou sua parte. Uma pilha enorme, o world trade center das figurinhas. Formou-se uma roda de curiosos. O Eldorado parou.

Me concentrei. No topo, a figurinha do Mbappé.

Comecei a fazer movimentos com meus braços.

Dei um gritinho fino, igual ao do Bruce Lee naquele filme Dragão Vermelho.

Puf!

Foi lindo. Um movimento perfeito. 120 figurinhas no alto, virando devagarinho. A molecada toda de boca aberta. Parecia comercial da Coca-Cola.

Mas era real.

O filho do careca começou a chorar.

E o André também. De alegria.

Antológica a volta do Mão de Neném.

61 Um domingo no Eataly

Coloquei minha camisa da Lacoste azul e preta listrada e fui domingo ao Eataly. O mercadão ítalo-brega é mesmo uma festa, a Meca dos coxinhas, um formigueiro humano saído diretamente de um evento do João Doria Júnior. Nunca me diverti tanto. Primeiro com a fila para fazer selfie (é difícil imaginar que alguém encare meia hora de fila para tirar foto de si mesmo, mas a imbecilidade humana sempre me surpreende) que se formou no primeiro andar, ao lado da escada rolante, onde é possível ter uma vista panorâmica de toda a loja. Não basta mais "ver e ser visto". É preciso ser visto por todos os amigos do Instagram, tão idiotas quanto você, que provavelmente sentirão inveja por você conhecer o Eataly antes deles.

Curioso que sou, fiquei o tempo todo ao lado da fila do selfie e me aproximava sempre na hora que o casal ia fazer o retrato – alguns, notando minha presença, pediam para eu mesmo fazer a foto.

Um casal começou a brigar na fila do selfie. Ele, um gordo com uma camisa polo justa, com o número 34 enorme, reclamava de fome e ela, uma mulher com a cara da Val Malchiori, dizia que não ia sair dali sem postar uma foto no Instagram.

Começaram a discutir feio. Eu não podia perder:

— Porra, Kelly, tem cinco casais na nossa frente. A gente veio aqui para comer ou tirar foto?

— Vai tomar no cu, Armando. Por isso que eu não gosto de sair com você. Deveria ter vindo com a Cléuvia.

— Vou pegar a senha para a mesa. Pelo menos a gente adianta.

— Nem fudendo, Armando (moça fina a sósia da Val Malchiori). Se você sair daqui eu vou comprar todos os vinhos dessa merda!

— Caralho, tô com fome, porra.

— Para de reclamar, Armando. A gente tá aqui nesse lugar mágico e você consegue ficar de mau humor!

O Armando emburrou. Quando chegou enfim a vez do casal, mais ou menos 40 minutos depois, eu, com um monte de cereja afanadas da feira gourmet do Eataly, fui convocado pela Kelly para fazer a foto.

O gordo tava branco de fome e eu ainda sacaneei:

— Cara, cadê aquele sorriso maroto?

O Eataly é uma festa.

62 A carteirada

Começo dos anos 90. Ricardo Melo, jornalista, ex-colunista da Folha, era o chefe de redação de plantão do Jornal da Tarde. Eu, um estagiário burro, puro e besta, de 20 anos, que queria aproveitar o ingresso na nova profissão para dar uma "carteirada", mesmo que minha carteira de jornalista não passasse de um plástico escrito "Colaborador do Grupo Estado", a mesma usada pela tia da Lanchonete.

Mas era carnaval e eu havia prometido aos meus dois melhores amigos, Fábio e Nezinho, que conseguiria entrar com eles no Palace, a famosa casa de shows, já extinta. Durante os dias de festa, o Palace virava um grande bordel, com putas desfilando nuas pelo camarote, para alegria dos punheteiros que pagavam uma grana absurda (o equivalente a seis meses da minha ajuda de custo como estagiário da editoria de Esportes do Jornal da Tarde) para ficar na pista com dor no pescoço, na esperança de pegar uma calcinha voadora das "primas". Uma espécie de show do Wando às avessas.

Eu sabia, por amigos, que quem conseguisse entrar como convidado da casa, não só não pagaria, como teria direito de subir no camarote e matar de inveja a playboizada da pista. Já começava a achar que a profissão de jornalista tinha lá sua dignidade.

Cheguei à porta do Palace. Havia combinado com os meus dois amigos que eles dariam nome de jornalistas do Jornal da Tarde. O Fábio virou o "Paulo Anshovinhas", na época repórter especializado em esportes radicais, e o Nezinho o "Denis de Almeida", meu colega, já promovido a repórter, também da editoria de Esportes. Eu seria, claro, o Tom Cardoso. Uma assessora já beirando os 60 anos veio falar comigo.

— Oi, boa noite.

— Boa noite. Sou Tom Cardoso, repórter de Esportes do Jornal da Tarde, e estou aqui para cobrir o "evento".

— Eles dois também são jornalistas?

— Sim. O Paulo...

— Calma, um de cada vez. Qual o seu nome mesmo?

— Tom Cardoso.

— Espera um pouco.

Soube, depois, que a assessora, cu de ferro, foi na sala de imprensa do Palace ligar para a redação do *Jornal da Tarde*, com meu nome anotado. Era quase meia-noite de uma segunda-feira de carnaval. Quem atendeu foi ele mesmo, o Ricardo Melo, o irascível chefe de redação, já famoso pelo mau humor, o terror dos boys, das telefonistas, dos repórteres, dos editores. Dizem que até o Ruy Mesquita tinha medo dele.

— Quem é?

— A Clara, assessora de imprensa do Palace.

— O que você quer?

— Então, é que tem aqui um rapaz...

— Qual rapaz?

— Ele é jornalista aí do *JT*.

— E eu com isso?

— Então, ele quer entrar aqui na casa com mais dois jornalistas aí do jornal.

— Mas, minha senhora, o que eu tenho a ver com isso?

— Eles querem entrar pelo jornal.

— Sim, e daí?

— Preciso saber se eles trabalham mesmo no jornal para autorizar.

— Qual o nome deles?

— Só tenho o nome de um por enquanto: Tom Cardoso.

— Quem?

— Tom Cardoso.

— Ele falou qual é a editoria que ele trabalha?

— Esportes.

Nesse momento, segundo amigos meus que estavam na redação, o Melo deu um grito chamando o José Eduardo Carvalho, meu chefe, que já me odiava, perguntando se ele conhecia um "tal de Tom Cardoso". O Zedu, como era conhecido, confirmou, mas ficou puto, envergonhado, com razão, pela carteirada do seu estagiário e por ele ocupar, aquela hora, o precioso tempo do chefe de redação. Piorou quando ele soube que eu estava em frente a uma casa de shows tentando entrar, de graça, no carnaval.

— Sim, minha senhora, o Tom Cardoso é um dos nossos estagiários.

— Estagiário? Será que devo permitir a entrada dele?

— A senhora acha essa questão relevante?

— Como assim?

— A senhora acha que estou fazendo o que aqui? Vendo o Vanucci na TV?

— Mas...

— Você já deu nesse carnaval?

— O que é isso, que desrespeito.

— Porra (aos berros), deixa a molecada entrar, se divertir e vai arrumar o que fazer, sua velha ducaralho.

Entrou todo mundo. Nunca vi o Nezinho tão feliz.

63 Bukeela Woman

Que saudade da redação da Bad. O Flávio Lírio, como se sabe, foi o mais impudico publisher do Brasil.

O cara que conseguia transformar a redação em um harém e ainda convencer boa parte das funcionárias, da recepcionista à mocinha da limpeza, a tirar a roupa nas edições comemorativas. Um gênio.

Mas não estou aqui para falar dos revolucionários métodos corporativos de Flávio Lírio e sim de uma tese que desenvolvi a partir dessa minha visita à Bad.

Eu percebi que na mesinha do café, no lugar do tradicional bule, havia uma máquina Nespresso. Fui logo procurando uma cápsula, mas minha amiga, a Alicinha, editora-assistente, me alertou:

— Tom, cada um traz sua cápsula de casa. Coloca na máquina e toma.

Eu perguntei para a Alicinha qual era a cápsula de café Nespresso que ela costumava comprar e ela respondeu: "Kazaar".

Nessa hora entrou uma outra jornalista, a Bia, também muito minha amiga. Também estava com sua cápsula. Cor madeira. Perguntei qual era o nome e ela: "Bukeela ka Ethiopia Lungo".

Na época dos meus pais as mulheres descoladas e de esquerda não raspavam nem o sovaco. Agora tomam café Bukeela ka Ethiopia Lungo.

Que progresso!

Fui para casa com aquilo na cabeça.

Entrei no site da Nespresso. Cápsulas de café de mais 1.436 cores.

Cliquei primeiro no Kazaar:

> *"O Kazaar é um café de excepcional intensidade. Seu potente amargor e suas notas de pimenta são equilibrados por uma textura densa e cremosa. Intensidade: 12".*

Fiquei impressionado. O café combinava exatamente com a personalidade da Alicinha, uma mulher equilibrada, mas de grande charme e inteligência. E de uma intensidade que o Flávio Lírio desconhecia.

Cliquei no Bukeela ka Ethiopia Lungo:

> *"O café de cada região é torrado separadamente: uma porção pequena e escura para garantir o corpo, a outra suave, mas longa para preservar as notas delicadas. Intensidade: 3".*

Meu coração disparou. Era aquilo mesmo. Essa minha segunda amiga tinha uma suavidade desconcertante, um jeito delicado e encantador, mas não era propriamente uma mulher intensa.

Agora toda vez que encontro uma mulher, seja onde for, a primeira pergunta que eu faço é:

— Qual sua cápsula favorita?

64 Como vovó já dizia

Fui visitar ontem minha avó materna, 103 anos, há seis diagnosticada com Mal de Alzheimer.

— Oi, vó. Quem sou eu? Quem sou eu?

— Um idiota.

Julia e André, que estavam comigo, começaram a gritar:

— A bisa recuperou a lucidez!

— A bisa recuperou a lucidez!

— A bisa recuperou a lucidez!

Desaforados.

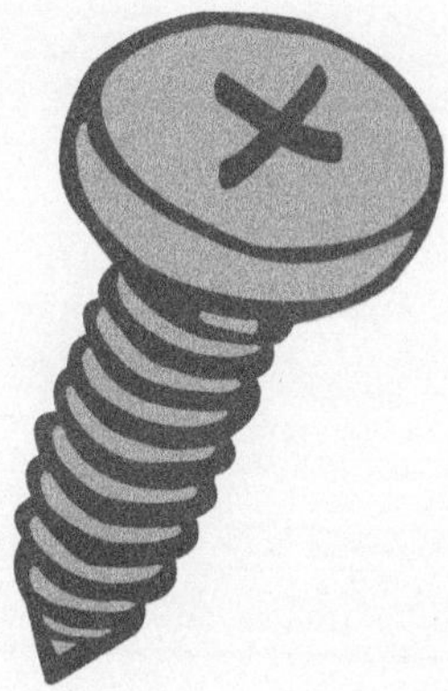